2048年
第一次宇宙大戦

河村公昭

目次

頁
序章　…… 3
第一章　大戦前夜 …… 27
第二章　地球侵略 …… 43
第三章　月面戦争 …… 67
終章 …… 114
余筆 …… 137
著者経歴 …… 144

序　章

《2048年3月、UFO（未確認飛行物体）4機が突如現れ、カナダ東部、オーストラリア中部、アフリカ西部そして中国新疆ウイグル自治区の上空高度55kmで静止した》

ここからこの物語は始まる。　19世紀後半頃からUFO（未確認飛行物体）に関するニュースが増え、人々の関心が広がってきたが、その実態が不確実であり、必ずしも具体的な証拠が掴めていないことからいろいろな憶測を呼んでいる。そして、稀な自然現象を見誤ったのかもしれないとする他には、次の二つの見方に分かれているようである。

一つは、どこかの国が秘密裏に開発している軍事兵器をカモフラージュするために流している情報ではないかという説である。以前はUFOを「空飛ぶ円盤」と言っていたが、最近の目撃情報の多くは、ステルス機に代表されるような「三角形の飛行物体」であるというのもこの説を裏付けている。

もう一つが、宇宙からの飛行物体であるとするという説であるが、そうすると「地球外知的生命体・異星人」がそれを操縦していることが前提となるはずであり、ＵＦＯそのものよりも、そのような異星人がいるということの方がはるかに真剣に調査・追求しなければならない大問題のはずである。そして、１９４７年にアメリカ・ニューメキシコ州の砂漠に宇宙からのＵＦＯが墜落したという、ロズウェル事件とエリヤ51基地が代表的な例とされているように、機密情報扱いにするとか、その技術を独占するために隠蔽しているのではないかというような疑惑が広まっているのが実情である。

私はこの二つの説はどちらもありだと見ているが、宇宙からのＵＦＯを直ぐに地球侵略に結び付けて考えるのはおかしいとは思いながらも、現実的には現在までそのような恐れにつながる具体的な事例が示されていないことから、それほど深刻な問題としては取り上げられていないことに大きな懸念を感じている。

逆に、ＵＦＯの目的はどこかの星の知的生命体が、いつか地球人の方が宇宙侵略に向かうのではないかとの恐れから、彼等が地球の動きを偵察しているのだという説も出ているという。しかし、それもあり得ることだとは思うものの、現在の我々地球の対宇宙技術を考えると、地球外知的生命体の存在すら確認できていない現実の前に、すでに地球上空に目的を持って飛来してきた彼等のテクノロジーと較べれば、それは到底及ばないレベルであることが明白である。具体的には、我々には、地球防衛能力と対宇宙戦闘能力がどの程度あるのかと言うことを、真剣に考えなければならない時期に来ているのではないのだろうか。

宇宙人については、すでに古典的になっているH・G・ウェルズの小説『宇宙戦争』に始まり数多くの物語に描かれているが、登場する地球外生命体も火星人から、どこにあるのか分からない星に住む異星人・エイリアンへと拡がってきている。

突然現れた大型円盤宇宙船をテーマにした映画『未知との遭遇』、『ET』や『インデペンデンス・デイ』などではその母星には全く触れていないが、そのストーリーからみてその場所は何処であってもよかったのである。しかし、昨今のTVで大ヒットした『宇宙戦艦ヤマト』、『スタートレック』や『スターウォーズ』などでは宇宙帝国とか惑星連邦というような世界が存在するという設定にまで空想が展開している。

さて、UFOが本当に宇宙からの飛行物体であるとするならば、その目的は何だろうかということが大きな問題である。もちろん単なる知的好奇心からの訪問ということもないことではないが、考えられることは、彼等には必ずその母星があるはずであり、彼等の母星に何らかの異常が起こり、生存が脅かされる事態となったために、他の星への移住や侵略が必要になり、そのための調査ではないかということである。それが気候変動などの環境異変であれば民族大移住のような形になるのであろうし、資源枯渇であれば略奪という形での行動になるのであろう。

そのような星の都合で宇宙戦争が勃発することが想定されるのであるが、この広大な宇宙空間での戦争においては、先に挙げた最近の物語では、ワープ航法とか人体の瞬間移動（テレポーテーション）とかいう、途轍もないテクノロジーを取り入れなければ、戦闘そのものが展開しないことが分かる。しかし、それは大変興味あるアイデアと技術的設定であり、それなしではストーリーとしても成り立たないとは考えられるが、時間と空間を曲げるとか、時空をコントロールするとか、理論的には可能であるとされているとしても容易に理解できるものではない。それを行うためのエネルギーは何なのか、瞬間移動しているその間の物体、身体はどのような状態にあるのだろうかなどについて、納得できる説明はあまりなされていない。

これらは、一般的には、ＳＦ（サイエンスフィクション・空想科学）と云われるジャンルなのだが、私は、空想とはいってもあまりにも超未来的で説明がつかないものは受け入れるのに限界があるし、科学技術の領域のなかにおいて可能性と実現性のある範囲にあって、現代の私達の理解力で許容出来るものでなければならないと考えている。

さて、ここで宇宙についてのわれわれの認識を整理して、確認しておく必要があると思う。私達は夜空を見上げ、天体を眺め、そこに宇宙を感じるのであるが、厳密には、地上から１００㎞の大気圏を越えるカーマンラインの先が宇宙であり、そこはもはや地球の重力がほとんど働かない世界である。現在の有人国際宇宙ステーション（ＩＳＳ）は高度４００㎞を周回しており、そこで、宇宙空間における様々な基礎研究を行っており、ひまわり通信衛星や気象衛星は、高度３万６千㎞の静止軌道にとどまっていて、現在では地球の日常生活に不可欠の存在となっている。

２０２１年には民間企業による宇宙旅行が行われ、宇宙船がロケット推進で高度１００㎞に達し無重力空間を体験したのち地上に帰還し、また宇宙船による３日間の地球周回旅行にも成功している。そしてつい最近では、２０２２年４月に米宇宙企業アクシオムスペース社とスペースX社の宇宙船ドラゴンにより、民間人４人がＩＳＳに８日間滞在して帰還するという「低軌道宇宙旅行」という旅行ビジネスが行われた。24年には、ＩＳＳに隣接する「宇宙ホテル」を打ち上げ運用されるという。

晴れた夜空を見上げてすぐ目に入る大きな星座が「天の川銀河」であり、この銀河系に属している約一千億個以上の「恒星」の内の一つが「太陽」である。全宇宙の星は一千億を超えるいずれかの銀河に属していて、その中の一つである天の川銀河に属している星の数は、宇宙全体からみればなんと1億分の1％に過ぎないというのであるから、想像を絶する宇宙の広さを知らなければならない。天の川銀河の近くには「アンドロメダ銀河」があり、「大マゼラン銀河」と「小マゼラン銀河」も肉眼で見える範囲にあるが、この銀河と銀河の宇宙空間には星はほとんどない。天の川銀河は渦巻銀河という形態でその直径は10万光年以上とされており、1光年は光が1年間に進む距離で約10兆㎞であるから、もしこの光速で飛ぶ飛行体（秒速30万㎞）があったとしても、この銀河を横断するのに10万年以上も要することになる。

われわれが住む地球が属する「太陽系天体」は、この天の川銀河の中心から2万8千光年離れたはずれにあり、恒星である太陽を中心とする軌道を廻り、太陽の重力の支配下にある8個の惑星（プラネット）と小惑星や衛星からなる星群である。この中心の太陽が太陽系の質量の99％を占めていて、質量が大きいということは、それだけ引力が大きいことであり、太陽により完全に支配されている天体であることが分かる。

太陽系の惑星の定義は、①太陽の周りを廻っていること、②十分に重く、重力が強いために球形をしていること、③その軌道周辺で群を抜いて大きく、他の同じような大きさの天体が存在しないこと、とされている（２００６年に国際天文連合総会で決定）。

地球と太陽との間の距離は約１・５億kmで、これを1天文単位（ａｕ）と云い、われわれ地球を中心として宇宙間の距離を考えるときに使う。太陽から一番遠い惑星である海王星（30ａｕ）の先にある太陽系外縁天体（エッジワース・カイパーベルト）までは50ａｕ以上とされており、１９３０年に発見され、第9惑星とされた冥王星がこのベルト内にあるのだが、上記定義の③に該当しないことが分かり「準惑星」に格下げされた。

太陽系天体でもう一つ忘れてはならないのが「彗星」で、地球では数年から10年に一度、肉眼でも見えるほどの明るさで現れる。彗星は細長い長大な楕円軌道を描いて惑星の軌道を横切って太陽系を廻っている星で、主成分は砂粒や塵の混じった氷である。その軌道は周期が200年以下の短周期彗星からそれ以上の長周期彗星があるが、軌道の中でも太陽から最も遠い点（遠日点）が1万au以上付近に集中していることを見出した、オランダの天文学者ヤン・ヘンドリック・オールトにちなんで名付けられた「オールトの雲」を彗星の故郷と呼び、ここが太陽系の最果てであるとされている。すなわち、太陽系天体の半径は少なくとも1・5兆km以上ということである。

1977年8月に打ち上げられたNASAのボイジャー2号は、1986

年1月に天王星、1989年8月に海王星を通過して、2012年には100auを越えている。2018年11月には太陽系外縁天体を越えて時速5・5万kmで現在も飛行を続け、情報を送り続けていることが確認されている。動力燃料の原子力電池は2025年まで持ち、その後も軌道をたどって飛行し、4万年後にオオイヌ座に達しているであろうと考えられている。2006年1月にケープカナベラル基地よりアトラスV551ロケットで打ち上げられたニュー・ホライズンズ号は、脱出速度16km／秒で地球をあとにして2015年7月には冥王星に達している。

　宇宙の果ては137億光年と言われており、それは私達から見える最大限ということでその先がどうなっているのか分からないということである。このように想像を絶する宇宙の大きさを、今見上げている夜空の中にわれわれの持つ距離感を置いて理解しようとすることは大変に難しいのであるが、そのことをよく知っておかないと、間違った判断に導かれてしまう恐れのあることを常に注意しておかなければならないと思う。

宇宙船の飛行速度を先述のボイジャー2号と同じ時速5・5万kmとして、仮に火星からの飛行物体であるとすると地球から火星までの距離は0・78億kmであるので、最速でも約60日かかることになり、また、同じくこの速度で1年間飛行してきたとすれば、約4・8億kmはなれた星から飛来したことになる。

もし民族大移住が目的であるとすると、戦略的にはそのために1年以上もかかって移民船で飛来してくるとは考え難い。もしも、1年以内に到達できる距離にあって地球侵略を目論でいる知的生命体のいる星があるとすると、それは火星と木星との間くらいの場所になり、ちょうどそこには小惑星帯と呼ばれる12万個の星がある。しかし、それは小さな岩石惑星で最大のものでも直径1千㎞しかなく、とても知的生命体がいることは考えられない。2014年に打ち上げられた日本の「はやぶさ2号」が2021年に地球から3億4千万㎞はなれた「小惑星りゅうぐう」から採集した資源の持ち帰りに成功したニュースをご存じの方が多いであろう。

一方で、もし地球侵略を資源略奪を主要な目的として図っている星があるとすると、その母星の地球からの距離はあまり問題にならない。途中に何箇所かの星を中継基地として置けば、略奪した資源を時間をかけて輸送すれば良いからである。このように考えるならば、この広大な宇宙空間の中に無数にある惑星の内に知的生命体のいる星は必ずあるであろうから、その内のどれが対象であってもよいのである。

地球の生命体を構成している要素のほとんどが、水素、炭素、酸素、窒素といった有機物のベースになっている元素であることが分かっているが、これらは宇宙においても最も多く存在する元素であり、したがって、地球外生命体の構成要素もまた同じ元素であろうと推定しても間違いはない。水は水素と酸素の結合した物質で宇宙にもふんだんに存在している。太陽から放射される紫外線は有機物を破壊し悪影響を及ぼすので、初期の生命体は有害な紫外線を避けるために液体の水の中に留まっていたと考えられる。

ここで重要なポイントになるのが「液体の水」なのである。すなわち、いくら水がふんだんにあっても、それが液体になるためには特別な条件が必要であるからである。太陽系惑星においても地球の一つ内側の惑星・金星では、地表面温度470度と高温であり水は蒸発して、液体ではない。

惑星の表面温度は中心星(太陽系では太陽)が放射する輻射エネルギーと惑星との距離によって決まり、惑星表面上に水が液体として存在できる中心星からの距離は、ある範囲内に収まるのである。この範囲内が「生命の存在可能な領域」であり、ハビタブルゾーンといい、そこにある惑星を「生命の存在可能な惑星＝ハビタブル惑星」と呼ぶ。
地球は水が液体として存在する理想的な条件を備えていた、言い換えれば、太陽から距離が適切であったのである。もう一つ絶対に見落としてはならないことは、その生命が成長し「知的生命体」になったことである。生命が存在可能であるということと、それが知的生命体にまで成長・進化していることとは、また別のストーリーである。

これまで、地球外生命体が存在する星として最も話題にされてきたのが火星であったことに異存はなかろう。それには望遠鏡による観察の時代から極冠に氷があり季節によって変化することや、大きな砂丘や川の跡などが見つかっており地球の地形に似ていることがあげられる。そして、１８７７年イタリアの天文学者ジョバンニ・スキャバレリが望遠鏡で火星表面に複雑な網目模様を見つけ「カナリ（谷、みぞ）」と名付けたのだが、これを英語に翻訳する際に「カナル（運河）」と間違え、これを信じたアメリカ人パーシバル・ローウェルが１９０５年に知的構造物として確認できたと発表したことが拍車をかけた。

火星での直接的探査は１９６０年代からアメリカとソ連の探査衛星によって始められ、１９６５年マリーナ４号が火星表面の写真をとり、１９７６年バイキング1号が地球を出発後11ケ月かかって火星に到達し、初めて無人探査機を着陸させた。そして、送られてきた写真は岩石と小さな砂丘、漂砂におおわれた荒涼とした風景であり、採集された火星の土壌の中には有機物は見つけられず、生物がいるという証拠はなにもなかった。

火星の気温は地球よりも相当低く（平均マイナス43℃）、大気の大部分は二酸化炭素（炭酸ガス）であり、大気圧が非常に低いので水は急速に蒸発してしまう。また、太陽の強烈な紫外線はオゾン層の少ない火星ではその強い殺菌力がまともに当たり、こんな環境で生き延びる生物がいるとは考えられない。

１９９７年には無人探査車が火星表面を調べ、水がかつては存在していた痕跡を見つけている。２００４年から２０１９年まで活動した探査車「オポチュニティー」は、層を成した岩石から数十億年前には湖や河があり水があったことを確認している。また、地下に広がる溶岩洞の奥では、岩石の微細な孔や隙間にわずかに水が残っている可能性はあり、これはなんらかの微生物が存在していたか、存在している可能性を示している。

しかし、２０１２年に火星の赤道付近に着陸したＮＡＳＡの大型６輪駆動（自走）の探査車「キュリオシティ」の調査においても、これまでのところ火星人というような生命体はおろか何らかの有機体も見つかっていない。現在、マーズ２０２０プロジェクトが生命の痕跡を探し、採取したサンプルを地球に持ち帰ることを目的にして進められており、さらに２０３４年から有人探査が行われる予定がある。

少し遠くはなるが、太陽系の中で最も大きく地球から6・3億㎞離れた木星には67個の衛星があって、その中でも4大衛星（ガリレオ衛星・エオロパ・イオ・ガニメデ・カリスト）は月よりも大きい星で、イオ以外には表面から数10㎞以上の氷がありその下に高圧の海が拡がっているとされている。しかし、そこには生命体がいる可能性があるとしても、その生命体が知的であるとは考えられない。

さらに、美しいリングを持つ惑星である土星には60個以上の衛星があり、水星よりも大きく、直径5千150㎞もあるタイタンには厚い大気の層と地表にはメタンの海や川があることが分かっており、そこには微生物など生命体が存在する可能性がある。

太陽以外の恒星の周りの惑星を「太陽系外惑星」と呼ぶ。2009年に打ち上げられたアメリカのケプラー宇宙望遠鏡はこの系外惑星の観測を続け、2

０１８年に運用停止になるまでに、50万個以上の恒星を観測し、少なくとも５千個を超える系外惑星の候補の内から、２千３００個を確定している。おおまかに見ても、恒星の内０・５％が惑星を伴っており、天の川銀河系の恒星の１千億個の内には５億個の惑星があることになる。この太陽系外惑星の内で「生命の存在可能な惑星＝ハビタブル惑星」が20％あるとすれば、それは１億個となる。

太陽系に最も近い恒星は、ケンタウルス座アルファ星の三重連星系（三つの太陽があるような星群・三つの恒星）と呼ばれる星である。その内の一つがプロキシマ・ケンタウリであり地球から４・２光年離れており、その質量は太陽の７分の一である。２０１６年にこの中心星プロキシマから７５０万㎞離れたところに惑星プロキシマ⒝が発見された。それは僅か11日で公転しており、質量は地球の１・３倍程度で大気もあり、地表には液体の状態で水が存在する可能性があると推定されている。すなわち、太陽系に最も近いハビタブル惑星である。

われわれにとって最も身近な天体である月は、地球から38万4千400km離れたところにあって、約29・5日（公転周期）かかって地球を一周している地球の衛星である。

月が常に地球には同じ面を見せており、その裏側をわれわれには肉眼では見ることができないのは、1回公転する間に1回自転しているからである。このように自転速度が遅いために、昼と夜との時間が長くそれぞれ約15日である。そして、ほとんど大気のない月の表面には、太陽からの電磁波（ガンマ線・X線・紫外線・可視光線・赤外線・電波）や太陽風が遮られることなく直接とどくために、昼は灼熱の110℃、夜は極寒のマイナス170℃となる。しかし、太陽熱の当たらない北極や南極のクレーターの低部には氷があるようだ。この大宇宙の距離感では、地球のすぐ側にくっついている月がなぜこれほど違う環境になっているのかは、質量で地球の80分の1、月面での重力が地球の6分の1であり、表面に大気を引きつけておくことが出来ないからである。

このように人間が生活するのにはとても適した処とはいえないが、鉱物資源的には大変魅力があることが探査で分かっており、月は地球の引力下にあるために、月の内部に偏った質量分布が出来て地球に見える側により多くの物質が集まっていると考えられている。

そして、２０２４年にはこの月面で人類が生活を始めるというアルテミス計画が現在進められている。


この物語では、この広大な宇宙のどこかには必ず宇宙人・異星人（エイリアン・地球外知的生命体）が存在しており、彼らが宇宙船に乗って侵略を目的に地球にやってくるという前提からスタートする。

地球外知的生命探査は、もし知的生命体がいれば彼らは他の星に向かって意図的に電波を送っているであろうからそれを受信しようということから始まったと云ってよかろう。１９６０年にアメリカ国立電波天文台が始めたオズマ計画がそれであるが、当然地球からも発信・送信を行っているのだが「交信」ではない。もし仮に４光年離れた星に知的生命体がいて彼らが発信したとすると、電波は光の速さと同じ速度で進むから、地球で受信したとしても４年後である。それを解釈・理解できて返信したとすれば、彼らがそれを受信できるのは４年後となる。これでは会話は成り立たない。

われわれと地球外知的生命との交流とは、このようなことであることをきちんと理解しなければいけないのだ。また、彼らとの意思疎通のために我々が持っている媒体としては電波以外にレーザー光線もあると考えられるが、現在のところ、我々にはそれ以外のものでは対応出来る手段がないことも知らなければならない。

現代の地球の科学、テクノロジーを持っては地球外知的生命体の存在する星を確定することが出来ていないことは事実であるが、先述したように、天の川銀河系内だけでも1億個もあるハビタブル惑星の中には必ず地球外知的生命体の存在する星があると確信することが間違っているとは言えないだろう。

難しいのはその異星人をどの様な生命体として設定するかであるが、その姿形をこれまでは、タコやクラゲのような手足と目耳鼻口を持った頭を備えたようなものから、ほとんど地球人とそっくりともいえるようなものまでが考えられているようだ。知的能力としては未来の最も進化した地球人を想定することもできる。

このように宇宙に対して、世界中の研究者はもちろん軍事関係者、資源開発企業等が強い関心を示しながらも、いま一つ具体的な行動に移れずにいる時に、地球全体を揺るがすような事件が勃発したのだ。

第一章　大戦前夜

２０４８年３月　ＵＦＯ（未確認飛行物体）４機が突如現れ、それぞれカナダ東部、アフリカ西部、中国新疆ウイグル自治区そしてオーストラリア北東部の上空高度55㎞で静止した。それは直径２８０ｍの円盤状で、通常の望遠鏡でもはっきり確認できた。

これらの国々はもちろんのこと世界各国政府も騒然としたが、さすがに、この状況ではどこかの国が飛ばしたものだとか、領空侵犯だというような非難は起こらず、直ちに国際連合は加入各国を招集して緊急に対策会議を開いた。そして先進諸国からの情報開示が求められたが、この事態に的確に対応できるだけの情報はどこにもなく、まったく不意を突かれたという有様であり、地球外からのこのような具体的な行動に対してほとんど無防備であったことを露呈することになった。

ここに至って世界の第一の関心は、このＵＦＯは何処から、何の目的で飛来してきたのかということであった。しかし、静止したＵＦＯはそのまま動かず（実際には地球の回転と一緒に移動してる）、まったく何の反応も示してこないので、こちらからどのような対応をするのか議論が重ねられ、その中で国連内の組織として「国連宇宙対策司令本部」を置き、「地球防衛軍ＥＰＦ」を各国が結成して国連の指揮下に置くことが決められた。

「国連宇宙対策司令本部」の最初の行動は、この上空高度55㎞に静止しているＵＦＯを調査するために、各国から選出した専門家を乗せた有人宇宙船をそこに派遣することであった。そして、使用できる宇宙船でこれにもっとも近いのは、宇宙ステーションとの往復に使われている「スペースプレーン」であり、この機体を改良することが当面では近道であった。そこでそのエンジン出力の増加と武装化を至急に図ることが決められ、アメリカとロシアが、統一仕様のもとで担当することになり、これに平行して小型の宇宙戦闘機の開発が、ドイツ・フランス・中国・カナダなどにも要請された。

8月、完成した「宇宙高速艇　SHS―1」がアメリカケネディー宇宙基地から国連調査団を乗せて離陸、カナダ東部の上空55㎞に静止しているUFOに接近した。

それは直径280mで底面はフラット、上部は3階の多段状で頂部の高さは70mであり、機体表面は銀黒色でチタンと思われる。多くの大小のハッチが見られるが全て閉じられていて、こちらからの信号発信に対して全く反応がないが、赤外線照射により内部に熱反応は見られた。しかし、それが有機体であるかどうかは判らないし、敵対的行動も含めて全くの無反応が不気味であった。同時平行してアフリカ西部、ウイグル自治区とオーストラリアのUFOについても調査飛行を行ったが全く同じ状況であった。

この報告を受けて「国連宇宙対策司令本部」はさらに事態の推移を見守ることにし、こちらからは当面何らかの行動は起こさないことに決定した。

ここで、問題点の一つは、このＵＦＯは地球を侵害しているのかと言うことであった。すなわち、地上55㎞は地球の領土内なのかということであり、更めて考えてみると、われわれは地球の大気圏（地上１００㎞）までが地球の領土であると勝手に思い込んでいるのではなかろうか。

そして、いまここでよくよく考えてみると、現に地球上空に現れ静止しているＵＦＯが何処から来たのかはもはや問題ではなく、さらには、いままでなぜ気がつかなかったかを今更に問題視して追求しても仕方がないことであり、これから何が起こるのかこそが問題であることは明らかである。

この事態になって考えられることは、先にも記したように、彼らの母星に何らかの異常が起こり、生存が脅かされる様な事情となったために、他の星への侵略・移住が必要になったのではないかということである。そして、その条件に叶った星として地球を見つけてそこに到達したのであるからには、いまここに飛来しているＵＦＯの異星人は、地球人以上の知能を有していることが容易に想像できる。われわれ地球にはそのような必要性が無かったからとはいえ、地球外生命体のいる、このような星をまだ見つけることすら出来ていなかったのである。

彼らとの通信、会話に考えられるあらゆる手段を試みても、全く成果が得られないことや、静止したままなんの行動も示さないことに、地球全体が、言い様のない不安で戦々恐々に陥った状態のままに時間が過ぎていった。

こうした中で、月の地球人類基地にいる駐在員から驚くべき報告が入る。

１９６９年にアメリカのアポロ宇宙船11号のアームストロング船長が人類初めての月面着陸をしてから、半世紀以上も経った２０２６年に人類の月への長期滞在が始まり、その後徐々に人数が増えて、この基地には各国からの約2千300人の研究者や資源探査者が常駐している。彼らの活動のほとんどは地球に面した側に集中していたために、月の裏側にはほとんど関心が及んでいなかったことが盲点となっていたのである。この月の裏側で何か大きな活動が進んでいるらしいことに気づいた時に、地球人ではない何者かがいるのではないかということになり、仰天の報告になったのである。現地には軍隊的な組織はないので、とりあえずの調査チームをつくり調べてわかったことは、そこにはすでに巨大な基地が出来ており、資源採掘のためらしい櫓や建物が並び、そして宇宙船と思われる機体の建造中であることであった。そして、アンテナのようなものは見当たらないが、人物らしい者の動きが多くはないが見られたということであった。この報告を受けた国連宇宙対策司令本部はいよいよ具体的な対応策を考えなければならない事になった。

ここでまたあらためて問題になるのは、「月は地球の領土なのだろうか」という、これまで真剣に考えたこともない話である。１９６７年に「国際宇宙条約」ができて、月をはじめとして、各国が開発した宇宙空間にはどの国も領土権を持たないということが決められているが、それは地球上の各国の主権のことであり、「地球の宇宙における領土権」となると、それこそ宇宙連盟でも出来ないかぎりは議論にならない問題であろう。

しかし、月は当然の地球の領土であるという無意識に持っている観念と、月に地球侵略の基地となるようなものが造られているという現実の前では、それは絶対に阻止、排除しなければならないとすることについて、どこからも全く異論が出ることはなかった。

すでに、アメリカには２０１８年には陸海空の三軍のほかに宇宙軍が創設され、中国・ロシア・インドなどにおいても同じような状況にあった。しかし、各国が打ち上げている多くの人工衛星に対して、国防上の対衛星攻撃兵器対策は別にして、自国の人工衛星を宇宙ゴミ（スペースデブリ）などとの衝突から保護するとか、衛星を使ったサイバー攻撃を監視するとかの業務以外に、具体的な活動の場があった訳ではなかった。ましてや、宇宙空間での戦闘とは地球外知的生命体・異星人の存在を想定することに他ならないのであるから、空想的なイメージは別として、それに対応する準備など全くしていなかったのである。

ここで「国連宇宙対策司令本部」は「地球防衛軍ＥＰＦ」に対して「国際宇宙軍ＩＮＳＦ」を結成するために、まず、宇宙飛行士を育成・訓練できる施設を有する主要各国に兵士を集めて、宇宙旅行・無重力下での活動に対する適性をパスした1千200名を選抜するように指示した。そして、月面の軍事基地完成後直ちに派遣し、陸軍と空軍に分かれて具体的な戦闘訓練を行う第1次要員として備えることとした。この段階ではその時期は2049年中頃以降と考えられた。

ついで、先に完成した「宇宙高速艇　SHS－1」では今後予想される事態に対応するには不十分であり、武装を強化し、小型宇宙戦闘機を搭載でき、多くの兵員を収容できる「宇宙戦闘母艦」の開発が急務となった。そこで各国にはその得意分野と生産能力をフルに活かしてこれに対応することが求められた。もっとも議論がされたのはそのエンジンであり、最適なエネルギーは何なのかということであった。

地球の大気圏を突破して宇宙に飛び出すためのスピードを「第一宇宙速度」と言い、秒速7・9㎞（マッハ約24）であり、ついで重力を完全に振り切るためのスピード「第二宇宙速度」は秒速11・2㎞（マッハ約34）である。さらには、太陽系から脱出するためのスピード「第三宇宙速度」は秒速16・7㎞（マッハ約50）である。これらのスピードはいずれも地球の地表から打上げるときに必要な速度である。地球の重力に抗してどのくらいの重量を空間に止めておけるかを「推力（単位はkg）」といい、宇宙への打ち上げ用のロケットではこの値が大きいものが求められる。

現在の、いわゆる宇宙ロケットは「化学ロケット」で、そのエンジンの燃料は固体燃料と液体燃料の2種があるが、真空の宇宙空間を飛ぶので燃料を燃やすための酸素を別に携帯する必要である。すなわち、「燃料＋酸化剤＝推進剤」を燃やしてガスを発生させ、同時に大量に発生する熱で急激に膨張したガスを「ノズル」から噴出させ、その反動で推力を得るのである。エネルギー論的には、化学エネルギーを燃焼により熱エネルギーに換えて、ノズルにより運動エネルギーに変換する、というシステムである。

「固体推進剤」は、燃料にアルミニュウム粉末、酸化剤に過塩素酸アンモニウム、粘結剤（バインダー）にポリブタジエン、それに燃焼速度調節剤と可塑剤を加えてコンポジットにしたもの。固体ロケットの長所は構造が簡単でオペレーションが容易であること、短所は大型化が難しいことと、制御しづらいことである。

「液体推進剤」は、燃料に液体水素、ケロシン、液体メタン、ヒドラジン系燃料を、酸化剤に液体酸素、四酸化窒素が用いられる。液体ロケットの長所は制御しやすいことと、大型化が容易であること、短所は構造が複雑でオペレーションが難しいことである。

一方、宇宙空間航行で求められるロケットは、推進剤の噴射速度が大きく、高速まで加速できて、それが長く持続できることであり、「比推力（単位は秒）」の大きいものが選ばれる。

新しいロケットエンジンの中で開発が進んでいるのが「電気推進」で、推進剤を電磁的に加速・噴出するものである。その内で「イオンエンジン」はキセノン、セシュウム、ヨウ素などのガスを電力（太陽電池、原子力発電）でイオンにして、静電場で加速して高速のイオンビームとして噴出するもの。「プラズマエンジン」は推進剤ガスを電気放電によってプラズマ（イオンと電子の混合気体）にし、直接電磁的に加速して噴出するもので、いずれも電気エネルギーを熱エネルギーに変換しないで、直接運動エネルギーにするものである。これらは、長時間を低推力で飛行するケースに適しており、すでに宇宙探査機に使用されている。

次に「原子力ロケット」が有望で、液体水素に核融合または核分裂によって発生させた熱エネルギーを与えて高速で噴出するエンジンで、大気圏内では速度マッハ24が可能とされている。しかし、これの実用化のためには小型原子炉とともに、数万度の高温ガスに耐える材料の開発が不可欠であり、まだ実験段階である。

TVで人気の「スタートレック」に登場するエンタープライズ号に使われて

いるという「光子ロケット」は光子を放出してその反動で推力を得るとされている。それには素粒子反応（物質と反物質の衝突）が必要で、原理的・論理的に可能であるとはいわれているのだが、私にはイメージすることすらできない非現実的なものである。

現在のスペースシャトルや人工衛星の打ち上げに使われている宇宙ロケットと宇宙空間を飛行する宇宙船とでは、ともに推進剤を用いるエンジンであっても、それぞれに最適な燃料や型式が選ばれている。大気圏内では空気を利用して飛行するスペースプレーンもこれを改良した「宇宙高速艇ＳＨＳ―１」も出力を増強した化学ロケットエンジンで推力を得るものである。

新しく開発が急がれる「宇宙戦闘母艦」は全長２９０ｍ、最大横幅１４０ｍという巨大な宇宙船（形式的にはロケットプレーン）で、航空母艦と潜水艦を合体させたような形状になることが設計段階で分かってきた。そして垂直離陸型が採用されることになり、最大の出力は地球の重力を振り切り宇宙に飛び出すときに必要になるのであるが、地上から垂直に浮かび上がり前進に移る時のエネルギーも膨大なものである。しかし、全く新しい形式のエンジンも、また推進媒体もすぐに開発できるはずもなく、従来の技術をベースに大型化と効率化を図ることに全力を投入することになった。そして、無重力空間ではプラズマエンジンを主体とするように月面基地で改造することが検討された。

小型宇宙戦闘機の開発も全く新しく必要性が生じたことで、要求性能が何なのかから取り組まなければならなかった。この面では地球上と大きく変わることはないであろうが、無重力空間が舞台なので推力に大きなエネルギーは必要なく、機体の強度もそれほど重要な要素とはならないと考えられる。そして宇宙戦闘母艦からの発着が主になると思われるので、垂直離陸型が採用され、最も重点が置かれた武装では、ミサイルや機銃の有効性の検討、新型プラズマ兵器の小型化が課題にされた。

とにもかくにも、主要国の軍事関係者の頭の片隅に漠然としたイメージでしかなかったことが、目の前に突きつけられて初めて「地球防衛」という意識が一挙に全世界を一体化させたのである。

第二章　地球侵略

２０４８年12月中旬、月の裏側から出発した大型円盤型宇宙船が太平洋マーシャル群島上空の高度20㎞で静止した。それは、先に地球上空に来ている４機より二まわりも大きく直径３４０ｍあり、他のＵＦＯに対する中央司令船ではないかと思われる。そして、ほどなくして、その４機がそれぞれ急降下し地上に着地した。これらの動きは国際宇宙ステーション（ＩＳＳ）や各国の地上施設から十分に観測されたが、これまでこちらからの通話・連絡の試みに対して全く反応がないものの、相手側からの何らかの意思表示があるのではないかとの期待をもって待っていたところがあったので、この急激な動きに地球側はいささか翻弄された感があった。

したがって、彼等がこれらの着地点を基地として地球侵略に向かうのであろうことは明らかであると判断した「国連宇宙対策司令本部」は、各国の「地球防衛軍ＥＰＦ」に対して迅速な対応・攻撃を指示した。

アフリカの着陸地は、ニジェールのアガデス西方300㎞の丘陵地である。付近には人家がまばらにあり、着地の際に住民に十数人の死傷者が発生した。直ちにニジェール国軍とNATO軍を中心とした軍隊が出動し地上からの基地攻撃に入ったが、基地全体が防衛スクリーン（電磁シールド）で直径350mにわたりカバーされているようで、地対地ミサイルが着弾前に爆発してしまった。これは起爆センサーがシールドに当たった時点で先に働いてしまうためであり、このようなシステムをわれわれはこれまで必要としなかったため、開発していなかったものである。従来の火砲、戦車砲がわずかに効果を挙げたが、大きなダメージを与えるまでには至らなかった。ここで敵基地から小型円盤型戦闘機が出撃してきて我が地上軍を攻撃してきたので、「国連宇宙対策司令本部」は地球防衛軍EPF（アフリカ隊）の出動を決め、NATO空軍も加わって、空からの基地攻撃が始まり本格的戦闘となった。敵機の火器はレーザービームでその威力は強力で、空中戦では地球軍は劣勢を強いられたが、数で優る地球軍がかろうじて対抗できた。
味方地上軍は兵士を増員しシールド内に潜り込み接近戦を試みたが、敵は機体のハッチを開き固定砲座からのレーザーの扇状照射で反撃してきたために、味方は大半の戦力を失う結果となった。シールドで護られた基地は我が軍の空からのミサイル攻撃にも耐え、ほとんど損傷を受けていないので、このシールドを破る手段を早急に開発することが求められた。敵基地からの地上軍の出撃はまだない。

カナダ東部の着陸地はラブラドル半島のケベック州ローレンシア台地の東端、近くの町はガニヨンとラブラドルシティーで、カナダ有数の鉱山地帯である。緊急避難指示が間にあって人身被害は僅少であったが、宇宙船の着陸時の逆噴射をまともに受けた鉱山施設の被害は甚大であった。「国連宇宙対策司令本部」からの指令を受けた「カナダ、アメリカ連合地球防衛軍」は、およそ8

５０㎞離れたハリファックス空軍基地から連合部隊を出撃させ、空から一気に基地の破壊を目指して激しい攻撃を浴びせたが、アフリカの場合と同じ展開になり、やはり基地の破壊はシールドを破る手段がない限り困難であることが分かった。ケベック州知事は敵基地周辺８㎞の住民に退避令を出し、陸軍の重火器を配備して侵略に備えたが、敵は攻撃を拡大する意図を見せず睨み合いのような様相になった。

そして、考えられる各種の通信手段を用いて、交渉・意思疎通の試みを続けるものの、依然として彼等からの反応はなく、不安のまま時間が経過して行った。

中国新疆ウイグル自治区の着陸地はタクラマカン砂漠のはずれで、天山山脈と崑崙（コンロン）山脈がぶつかった地域である。近くの町はかなりの人口密度があるカシュガルであり、ＵＦＯの着地に際しては近辺の建造物に被害と相当数の死傷者が発生した。

自治区政府は直ちに周辺住民およそ1万人に対して避難指示を出し、あらかじめ臨戦態勢をひいていた中国軍は素早く対応し、地上軍の前線基地を設営した。そして、出動した強力な戦車部隊の火力は基地となっているUFOの外殻を一部破壊することが出来たが、やはりシールドに阻まれてミサイル攻撃は有効ではなかった。

ここでも敵の地上軍の出撃はないが、小型円盤型戦闘機がハッチを開いて中から発進してきて我方の地上軍に対し激しい攻撃を加えてきたので、これに中国空軍は最新型機を出動させ応戦した。敵の小型円盤型戦闘機は瞬時の垂直移動が出来て、ミサイルでロックされても速やかに避けて、次の反撃体勢に移れるという素晴らしい性能を有していることが分かったが、味方は優れた飛行技術でこれに対抗、ここで、太平洋マーシャル群島上空の敵大型宇宙船から発進した戦闘機も加わり、激しい空中戦が繰り広げられほぼ互角の戦いとなった。しかし、敵は自らの基地の防衛に戦闘を限定しており、わが軍の飛行基地への帰投を深追いするというようなことはなかった。

一方、この状況に敵大型宇宙船に対して、グアム島のアメリカ軍基地は地対空ミサイルを発射し攻撃を開始したが、ここでも電磁シールドでバリヤされており効果はなかった。また、ここから発進し高度2万メートルで中国に向かう戦闘機に対して、アメリカ空軍戦闘機が空対空ミサイルで追撃したが戦果は得られなかった。このような高度での空中戦には地球軍は慣れていないが、敵大型宇宙船によるグアム島基地への攻撃は行われなかったので、この南西太平洋エリアでの戦線は取り敢えず拡大する様相はなかった。もしこの攻撃が行われていたら我々の基地は相当の損害を被ったであろうことは間違いない。

オーストラリア北東部の着陸地はクイーンズランド州マウントアイザの南

の丘陵地で、市街地からは１００km以上離れてはいるが、ここの東部の台地には多くの市町村が集中している。慌てて出動したオーストラリア軍は現地で相手と連絡を試みるも全く反応が得られず、しびれを切らした形で敵基地に接近した歩兵部隊が、数年前から導入されはじめたＡＩ（人工知能）ロボット兵士を先頭にして、機体のハッチを破壊して内部に侵入しようとした途端にハッチが開き中から敵の激しい反撃を受け戦闘が始まった。しかしそれは固定した砲座からのレーザー照射のみで、中から兵士が出てくることはなかった。陸軍に先行してケアンズ空軍基地から出撃した戦闘機が空対地ミサイルでの攻撃を試みるも、シールドでカバーされた敵の基地に損傷を与えることは出来なかった。

ここで、国連の「地球防衛軍本部」は各地からの戦況と情報を受けて、地球の空軍の劣勢とミサイル攻撃が効果を挙げられないことから、戦略を長距離ロケット砲中心に切り替え、その上空を空軍機で徹底的にガードするように指令を出した。カナダの戦線ではアメリカのＧＭＬＲＳ誘導多連装ロケットシステムを、中国新疆ウイグルの戦線では89式多連装ロケットシステムを、敵基地から１００～１３０㎞離れた場所に散開させて攻撃を行った。そして、ロケットに組み込まれたＧＰＳが敵の妨害電波により有効に作動せず命中精度が損なわれたものの、ＵＦＯ本体の破壊に可なりの戦果を得ることが出来た。

ただし、アフリカとオーストラリアの戦線では機器の集結が十分に出来ず、戦闘に大きな展開はなかった。

「国連宇宙対策司令本部」は、敵異星人の動向を分析する中で、彼等の侵略意図が鉱物資源の獲得にあることが明らかであるという判断に固まってきた。彼らが着地したアフリカ・ニジェール、カナダ、オーストラリアは地球上では最もウラン及びチタン資源が多い地域であり、中国新疆ウイグル自治区はレアメタルであるネオジウムの産地として知られている。

　そして、彼等の戦略が基地の防衛と周辺の制圧に専心し、我々の軍事基地や近隣の都市への攻撃にまで戦線拡大することを避けていることを考えると、鉱物資源の試掘と地球軍の戦力をチェック確認することが目的であろうという見方で一致してきた。依然として通信も、連絡・意思疎通も出来ない状況なので、彼等が何を考えているのか分からないままではあるが、いわゆる大幅な領土略奪という目的ではなさそうである。

　しかし、彼等がこれほどまでに地球の情報を知っていたことに対する驚きを隠すことはできなかった。これであらかじめ地球をくわしく探査・調査していたことは明らかに分かったのであるが、空中からの探査と偵察でこれだけのことを知り得たとすれば、恐るべき知能レベルである。同時に、その事に全く気付かなかったわれわれ地球側の無関心さも反省すべきではあるが、といっても、分かっていたとしても具体的に対抗する術があったのだろうか。

さらに、驚いたことは中国での戦線で撃墜させた敵機から回収されたパイロットがすべてロボットであることであった。このロボットは戦闘技術をみても、極めて高度な判断力を有したＡＩロボットであり、このことから、今対戦している異星人の能力は、われわれ地球人を凌駕しているのではないかという恐れを抱かせるに十分であった。

我々も軍事面におけるロボットの有用性についての検討と開発を早くから行っており、今世紀はじめのイラク・アフガニスタン紛争における、無人偵察機と無人爆撃機の性能向上が初期の成果であった。しかし、戦闘機のパイロットのロボット化までは技術的に進んでおらず、機のセンサーが捉えた情報をコンピューターセンターを経由してパイロットのヘルメットにディスプレイされ、直接頭のなかに放り込まれる形で進化させてきた。

２０４９年８月　遂に敵の防御システム電磁シールドを破る手段が見つかった。それはカーボン微粒子放射であり電磁線との間に多量の放電を発生させることにより、エネルギーシステムのオーバーロードを引き起こさせることに成功したのである。

そして、これをミサイルとセットにして発射し、シールドを抜けて対象物を爆破することにより、戦車からの地対地ミサイルと空中からのミサイル攻撃で、基地となっている円盤型宇宙船の外殻に大きな損傷を与えることが出来た。しかし、太平洋マーシャル群島上空に静止していた敵大型宇宙船はシールド破壊を避けるため直ちに50㎞上空に移動し、地球軍の動きを注視しているような動きを見せた。

９月中旬、地球防衛軍ＥＰＦはさらに重火器を動員して各エリヤの奪還にむかったのであるが、これには敵の技術を少しでも、出来れば無傷で取得できないかという含みが心底にはあった。しかし、それは敵の本格的な攻撃を受ける羽目になった。はじめて前線に出てきた敵の地上軍は、ＡＩロボット兵士が中心で異星人は四分の一程度という構成であったが、このロボット兵士の戦闘対応能力、銃火器に対する抵抗力は極めて優れており、地球軍兵士は1対1ではほとんど対抗出来ない有り様であった。兵員数で優る地球軍はかろうじて抵抗を続けつつ各エリヤ共に前線を後退させざるを得ず、「地球防衛軍ＥＰＦ」本部は戦略の見直しを図ることになった。そして、アフリカとオーストラリアについては、その地域の被害が多くないことから、現状を維持するレベルの防衛を続けることとし、まず、カナダと中国ウイグル自治区の敵基地に対して、ミサイル攻撃を中心として完全に破壊を目指すことを各支隊司令部に指示した。

10月初旬、中国新疆ウイグル自治区では周辺の建物は敵の空爆によりほぼ破壊され、基地周辺12㎞四方は無人となっていたが、中国西部地方軍は近くのミサイル基地と移動ミサイル部隊から中距離弾道ミサイルを敵基地に向け集中的に連続発射し、基地の殲滅を図ることにした。この攻撃により、敵のレーザー放射によりその3分の一を打ち落とされたものの、基地に大きなダメージを与えることができた。しかし、急遽飛来し高度を下げた敵大型宇宙船の大光束レーザービームにより、中国軍のミサイル基地は一挙に破壊され基地機能は完全に失われ、2次攻撃は不能になってしまった。

カナダでは、ニューファンドランド島の沖合に集結したフリゲート艦を中心とした海軍艦艇からの、集中ミサイル攻撃が敵基地に相当の損傷を与えることが出来た。しかし、中国戦線から高速で移動してきた大型宇宙船の攻撃により受けた味方の損害も大きく、敵の完全な壊滅にまでは到らなかった。

10月下旬、ここに至って、敵は地球軍によって大きな損害を受けたカナダと中国の基地とアフリカ基地からの撤退を決め、オーストラリアの基地に戦力を集中する戦略に切り替えてきた。この3基地の撤退に当たっては自ら機体の一部を破壊し、小型化した宇宙船で月に向かって戻って行ったのである。その帰路を大型宇宙船がガードしており、それを追跡し攻撃を試みた地球防衛軍の空軍はきびしく牽制され、全く戦果を挙げることが出来なかった。

オーストラリアはウラン鉱石の可採埋蔵量が地球上で最も多い国で、敵の着陸地のクイーンズランド州マウントアイザ地域はその代表的な鉱山地帯である。程なくして戻ってきた敵の大型円盤型宇宙船は先の着陸船の130m南側に着地し、基地全体は1㎢に拡がった。

11月中旬、オーストラリア・ニュージーランド連合空軍の地上攻撃機A－10Aサンダーボルト Ⅳとホーカー・シドレーハリアーGR3Cの9機がケインズ空軍基地から出撃し、メルヴィル岬沖合に停泊したミニッツ級アメリカ空母から発進したF／A－18Fスーパーホーネットが護衛する形で編隊を組み敵基地の攻撃に向かった。しかし、あらかじめそれを警戒し基地より北東20㎞手前で待機していた敵の小型円盤型戦闘機群の迎撃に逢い激しい空中戦となり、それを抜け出した攻撃機5機が基地に空対地ミサイルの波状攻撃を浴びせたものの、大型円盤型宇宙船の頂部砲座からの大光束レーザービームに捉えられた3機が撃墜される等、基地に与えた損害に比して、味方の損失は惨たるものになってしまった。

シドニーに司令部を置いた「南太平洋地球防衛軍」は空軍による敵基地攻撃の不利を認めざるを得ず、戦術を遠隔攻撃に変えることに決定した。まず、アメリカ南太平洋艦隊を中心とした連合軍艦隊をカーペンタリア湾に集結させ、艦対地ミサイルで敵基地を集中的に攻撃することにした。中心となるのは最新のアメリカ・ズムウェルト級ミサイル駆逐艦で、ミサイルはMK57VLS（垂直発射）モジュールである。射程距離約600㎞で従来のトマホーク巡航ミサイルも併用される。同時に、平行して内陸部からの陸軍移動ミサイル部隊による中距離巡航ミサイル攻撃も準備が進められた。射程距離２５０㎞のイギリス製ストーム・シャドウを発射できる、可動式地上発射機を備えた12輪トレーラーがシンプソン砂漠の北端に着いたのは12月の末であった。さらに、オーストラリア陸軍機動部隊の３分隊も敵基地の６００ｍ周辺に散開し待機した。この間の敵の動きとしては、基地から周囲１５０㎞程度を時々偵察機が飛行している程度で、地上軍が姿を見せるようなことは無かった。

２０５０年1月初旬、地球軍は満を持して作戦行動に入った。海上と陸上から、同時に集中して発射された弾頭ミサイルは的確に敵基地の2機の宇宙船に着弾し、外殻を大きく破壊することができた。ここでも、先の中国での戦闘と同じように、敵のレーザー放射によりミサイルの3分の一を打ち落とされたが、撃ち込んだミサイルの数量と2次、3次と波状攻撃を重ねたことが大きな戦果に繋がった。しかし、この宇宙船は外殻と内殻との二重構造になっているようで、内深部にまではダメージを与えていないことが分かった。わが軍のミサイル攻撃を受けてから、3時間後に大型宇宙船が浮上して25㎞上空に避難したのである。

わが軍は驚きを隠せないまま、残っている最初に着地した宇宙船に対して、陸軍機動部隊の内部への突入を命じた。ここで、敵地上軍との戦闘がはじまったのであるが、すでに接近戦では敵のAIロボット兵士に敵わないことを経験しているものの、確実に命中させロボットを破壊するための携行自動火器としてドイツ製のサブマシンガン・ヘッケラー&コッホMP6が選ばれ、火力支援装甲車でガードされながらじりじりと前進し敵を追い詰めて行った。しかし内殻部にもハッチがあり、そこで押し止められてしまい内部への侵入はかなわず、日没により、この日の戦闘は終わったのであるが、まずまずの戦果として評価しながらも、この異星人の力量を改めて知らされたとの思いも強かった。

そして、今後の戦術としてもこの日の作戦を敵を殲滅するまで繰り返し、さらにミサイル装甲車M―901（アメリカ製）5台を投入することにした。さらに、中国やカナダでの戦闘で痛い目にあった、上空に避難した大型宇宙船からの逆襲が大きな懸念であることから、空軍の対応力強化が指示された。

この日の地上戦での何よりも大きな成果は、はじめて異星人（エイリアン）を、死体ではあるが、4体を獲得したことである。その姿態は、身長110㎝、両手両足、いずれも指は4本、そして顔面には大きな目と小さな鼻孔が少し尖った口の上にあり、耳は無く、皮膚は無毛で柔軟なシリコン合成物質のようである。頭が大きく六頭身というところで、内蔵は地球人と大差はないようだが、脳の占める割合が大きく高度な知能の発達が窺われる。このことから、彼らの思念の伝達は音声ではなく「テレパシー（精神感応）」だと考えられ、お互いの精神や思考を聴覚によらずに他に伝えることができるようだ。

したがって、これまでの我々からの通信による意思疎通を図る試みがいずれも成功しなかったのは、彼らの思念伝達が言語を持たないテレパシーによるものだと分かれば当然のことだったのである。但し、音に対して反応することは戦闘中の彼等の動作で分かったので、音を感じる何らかの器官があるのであろうが、音声を発するか否かはまだ不明であった。また顔面マスクの付いた宇宙服を着ていないことから地球の大気に対する適応性があることが分かった。そして、われわれが予想していた宇宙人の姿の中で、最も人間に近いものであったことは、知的生命体の肉体としてはそれが理に適っているのだと判り、ホッとしたのである。

そして、我々が逢った初めての異星人として彼らを「アルファースト星人」

と呼ぶことになった。
先に、彼等の母星の位置を考えるのに、地球侵略の目的が民族の大移住であるならば、地球に到達するまでに最長でも1年以内の飛行距離の範囲であろうと想定し、それは火星と木星との間くらいの所までだろうと述べたが、これに該当する星とすればそれは地球よりはるかに小さい小惑星か衛星である。もしこの母星に何らかの異常が起こり、彼らの生存が脅かされる事態となったことが原因で移住地を求めて地球に来たのであれば僅かな人口であり、それに必要な面積を確保できれば良いとしているのかも知れない。（すでに述べたように、太陽系惑星の中に地球外知的生命体は見つかっていないのではあるが）
そして、奪還した基地の跡から彼等が鉱物資源の採掘を試みていたことが明らかに分かったので、資源枯渇のために、それさえ略奪、確保出来れば良いとして試みた地球侵略であったことは確かであった。このアルファースト星人の求めている地下資源はウランとチタンとネオジウムであろうと考えられ、ウランは原子力エネルギーの素であり、ネオジウムは磁石の素材であり、新しいエネルギー源と考えられている永久磁石・永久機関の開発が進んでいることがうかがわれる。

ここで敵に大きな動きがあり、大型宇宙船の飛び去った跡に残っていた機器を完全に破壊した後、自らの宇宙船も浮上させ、その跡地も破壊して、大型宇宙船とともに月に向かって戻って行ってしまったのである。呆気に取られた形の地球軍は、その後を追撃することも出来なかった。前日の地球軍の攻撃によるダメージもあったであろうが、わが軍の力を認識し、余力を残して月面基地に戻ることを彼等が選んだことは間違いないであろう。

そして、このように思っていたよりも簡単に侵略を止めて引上げてしまったことから見ると、彼等は地球の大気中の何か、或いはバクテリヤやウィルスに対する抵抗力がなく、長期滞在が好ましくないことに気付いたのではなかろうかという意見も出てきた。

かくして、1年2ヵ月に渉った異星人による地球侵略戦争は地球側の防衛成功という形で終わり、地球全土は大きな安堵に包まれたのである。

しかしながら、彼等はどういう形でこの地球侵略を終わらせようとしていたのか、もし特定の地域を武力制圧して、資源略奪に成功したとすると、その鉱物を母星に運搬する手段はどうしたのだろうか、何よりもいずれ地球との意思疎通は可能になるのだろうか、などと疑問が不明のまま残っている。これまでの推移を見ると、このアルファースト星人の意図は地球侵略を徹底的に行い大幅に領土略奪をしようという目的ではなくて、鉱物資源の略奪が可能かどうかということで、まず地球の実力を確認しようとしたものであったと受け止めることができるのであるが、いずれにしても、これまで空想の世界にはあったかも知れないが、予想もしなかった事態を地球は経験したのである。

このような現実に直面した地球人は、今後に起こり得るであろうことを真剣に考えなければならないと、全国に喧々諤々の議論が沸騰する中で「国連宇宙対策司令本部」の判断に注視した。特筆するべき意見に、このアルファースト星人の欲しているのは地球の一部を借用したいというのではなかろうかとして、それならば平和的な解決法もあるのではないかというものがあった。しかし、すでに地球の資産のみならず人命にも損害が出ている状況のなかでは、彼等を徹底的に排除すべしという意見が圧倒的に多く、この際、彼等の月面基地を叩き潰し将来に考えられる危険を排除すべしであるとの主張が、他の如何なる意見をも圧して大勢を占めていった。

２０５０年2月末、ここで「国連宇宙対策司令本部」の戦略は月面対策に向かって舵を切ることになった。

第三章　月面戦争

月の裏側にある敵基地を攻撃するためには、まず相当数の地上部隊と武器、戦闘車両を月に派遣、搬入しなければならないので、その輸送手段が問題となる。いま開発を急いでいる「宇宙戦闘母艦」の他に「大型運搬船」が必要であり、月までの38万kmを短時間で往復できるものでならなければならない。まさに地球の持っている技術力、工業力の全てが試されているという事態に追い込まれてきたといえよう。また、月面での活動、まして戦闘行動となると、兵士の着ける宇宙服の改良・軽量化も必至である。月面の温度は、マイナス170度以下からプラス110度以上で、大気がないため一定に温度を保つことが出来ない。

それ以上に問題であったのは、月面および宇宙空間で有効な兵器についてのわれわれの知識が十分ではなく、既知のものがどの位使えるのか実証をしなければならないことであった。そもそも宇宙空間でも黒色火薬は効果があるのかから始まったが、これはそれ自身が酸素を含んでいるので、その爆発力は対象物の破壊に有効であった。そして、まず各国は秘密にしている情報を完全にオープンにすることが求められ、中心となる武器は「プラズマ兵器」であることで一致した。プラズマとは、原子（イオン）や原子核、電子などの荷電粒子からなる混合気体で、宇宙空間では中性子粒子線が使われ、光速の90％の速度で粒子ビームとして発射され対象物体を破壊するというものであり、超X線レーザー兵器は凄まじいX線（指向性エネルギー）で高熱プラズマを生み出すものである。また、ミラー衛星兵器は地上4万kmを回る軌道付近にいくつもミラー衛星を配備し、地上もしくは宇宙空間から放射されたレーザー光線を中継・反射させながら、高速で飛ぶ敵飛行体を破壊するシステムとして開発を急ぐことが求められた。さらに、新しいロケット型兵器の開発・改良も加速された。

しかしながら敵となるアルファースト星人の兵器が、小型円盤型戦闘機の使った強力なレーザービームの他には、どの様なものがあるのかは、これまで宇宙空間からの攻撃をまったく想定していなかったわれわれには考えの及ばないところであった。

２０５０年3月、「大型運搬船」の第1号機が完成した。そして4月、地上部隊３００人と武器・車両などを積み込んで中国・海南島の衛星発射センターから、超大型宇宙ロケットに抱かれて出発し、高度１００㎞の地球大気圏を越えたところで切り離され、月に向かった。これは地球の重力を突破するために要する膨大なエネルギーをロケットに分担させるためで、今後も基準になる方式である。この宇宙ロケットはこれまで最も実績のある日本の液体燃料ロケットＨ－ⅡＡ型を大改良したものである。

続いて２０５０年6月、「宇宙戦闘母艦」1号艦が完成。翌7月、艦内戦闘員85名とともに、これも新しく開発された垂直離陸型小型宇宙戦闘機35機と国連空軍部隊60名を乗せてアメリカのケープ・カナベラル宇宙基地から月に向かった。

月面の地形の探査は、17世紀に望遠鏡による観察から始まったが、１９５７年にソ連の探査機ルナ1号が月面写真撮影に成功して一気に進んだ。１９６６年ルナ９号が初めて無人探査機を月面「嵐の大洋」に着陸させると、１９６９年７月にアメリカのアポロ11号が「静かの海」に初の人類月面着陸を果たした。その後も有人探査機６基が月面着陸に成功し、月面探査車による地形調査や岩石採集が進んだ。しかし、予算削減を理由にアメリカでは１９７２年のアポロ17号を最後に月面での有人探査を終え、それ以降は宇宙ステーションプロジェクトに移っていった。各国もそれに追従し、現在は有人国際宇宙ステーション（ＩＳＳ）が高度４００㎞の宇宙空間を周回しているのである。

月の直径は３千４７６㎞で地球の０・２７倍であり、表面の一周距離はおよそ1万1千㎞である。現在では詳細な月面図が作られているが、それは月の表側、すなわち地球に面している側だけで、月の裏側についての調査はあまり進んでいないのが実情である。

月の表面は凸凹しており、その凹地をクレーターといい、火山性クレーターと隕石の衝突によるクレーターとがあるが、38億年前以降は大きな衝突はないとされている。

クレーターは小さいものでは直径1㎞からあり、最大のものは南極エイトケン・ベイスンという直径2千500㎞、深さ12㎞で、コペルニクスというクレーターは直径97㎞で周辺からリム（縁）までの高さは900m、底面までの深さは3千760mである。そして小さいクレーターほど直径に対する深さの比率が高く20％程度もある。

月の表面で平らな部分を「月の海」といい、山脈やクレーターが回りを囲っている。これは巨大な隕石が衝突した際に内部のマグマが吹き出しその溶岩流が拡がったエリアであり、流動性に富んだ玄武岩質が10～35mの厚さを形成している。先に書いた「嵐の大洋」「静かの海」は45億年前に、クレーターのコペルニクスは数億年前に出来たことが調査で分かっている。月の裏側はクレーターだらけで海は少なく、まだ探査の進んでいない処が多い。月の岩石には純度の高いチタンが含まれており、ウランもあるが鉄は少ないことが分析の結果として報告されている。

さて、月面に軍事基地を造るにあたり、場所の選定が慎重に検討された結果、月面北西部の「雨の海」に決まった。ここは東西で1千160km、南北で740kmの広さがあり、周囲は高い山脈に囲まれ、海の西部には「虹の入江」という直径260kmのクレーターがある。基地は海のほぼ中央部でルベリエという小さなクレーターの南側に設営されることになり、2050年4月末から、「大型運搬船」によって運び込まれた資機材によって建設が始まり、作業は急ピッチで進められ、その中で宇宙間戦闘に適するように改造された「宇宙戦闘母艦」の母港としての機能が整えられていった。

ここで気になるのが月の裏側にあるアルファースト星人の基地とその動きである。その場所は、裏側の中央部で表側の「蒸気の海」の真後ろに当たる処であり、われわれ地球軍月基地から、月表面の直線距離では約3千500㎞離れている。また、現在地球からの研究者や資源探査者が居住している地区は「静かの海」で、そこからは東回りで3千800㎞離れている。

このアルファースト星人の基地は北東側に二つの小さいクレーターがあり、西側には二重の山脈が並んでいて、南側は開けた平坦な地形というの場所で、直径450m・高さ85mのドームを中心にして周辺にも多くの建物がある。地球から撤退した宇宙船は一画に纏めて駐めてあった。その後も偵察を続けていた調査チームからの報告では、特に新しい軍事行動のようなものは見受けられないとのことであった。

このようなことから、地球側では、このアルファースト星人が地球侵略に執着しないで撤退していったことに逆に戸惑いを覚えた人たちも多くいた。そして、彼らの本国・母星は何処なのか、これだけ資機材をどのようにして持ち込んだのか、何故これまで気がつかなかったのか、などの議論があらためて関係者の間で再燃した。

「国連宇宙対策司令本部」は取り敢えず地球の危機が遠のいたことで安堵の気持ちを感じながら、次のステップをどの様に踏み出すかについて考えはじめた。そして、慎重論もあったが、依然として意思疎通が出来ないし、彼らから得られるものが何も考えられない以上は、排除すべき対象とする以外の選択はないという意見がやはり圧倒的であった。これは地球人が戦闘好きであるか否かというような問題ではなく、地球防衛という、人類が初めて直面した事態ではもはや問答無用という結論しか出てこなかったのである。

こういう意向をうけて、「地球軍月基地司令本部」では基地施設が整うにつれて、連日の戦略会議が熱をおびてきた。地球での戦闘の経験から、敵の戦力の主力は空軍であることが分かったので、まず敵基地周囲の起伏を利用して地上軍で包囲し、四方から砲撃できるような配備で圧力をかけることにした。

ここにきて、敵は基地からかなり頻繁に小型円盤型の偵察機を地球軍基地の上空に飛ばしてくるようになり、また母星からの補給船と思われる宇宙船の往来が増えていることからみても、しっかりと臨戦態勢を整えつつあることがうかがわれた。

2050年8月下旬、「雨の海」の地球軍月基地を出発した地上軍は兵員輸送車7台、キャタピラ戦車6台、8輪駆動機動戦闘車5台からなる堂々たる陣容である。兵士は21ケ国より選抜された精鋭と、AIロボット兵が三分の一という構成であるが、AIロボット兵に求められる、敵を認識し射撃を行うという基本動作の精度を上げることは大変難しく、信頼度にはまだ不安がある。

敵基地までのルートは、北東のピコ山を左に見てクレーター・フラトーの東麓を通り、「氷の海」を抜けてから300㎞行くと月の裏側に到る。そこまでで約1千200㎞、60時間の行軍である。これから先の月の裏側はクレーターだらけであり、その間の少しでも平坦なところを探しながらの2千300㎞以上の行軍である。月の裏側は探査があまりすすんでおらず、表側のように名前が着けられている場所は少ない。大気のない月の表面では、車両の巻き上げる砂塵の収まりに時間がかかり、地球上では経験したことのない視界の悪さに悩まされた。15日周期で昼夜が変わり、今は日中で外気温100℃に近く、冷房された車内にいても、ヘルメットを着け、改良されたとはいえ、なおごわごわした宇宙服を着用しての行動に兵士の不快度は限度を越えてきた。ここで一般兵士の輸送を大型運搬船に切り替え、運転員の交代システムの見直しが行われた。今後の地上戦を見越しての訓練を兼ねての行軍であったがそれは完全な失敗であった。また兵員輸送車の気密化を図ることの必要性も急務となった。この地球・地上軍の進軍は小型戦闘機による上空からの援護を受けてなされたために、敵は離れて偵察機を飛ばしてくる以外に攻撃してくることはなかった。

9月中旬、計画どおりにわが地上軍が配置を終えた途端に敵基地ドーム周辺の建物がハッチを開き、そこから強烈な大光束のレーザービームを放射してきた。本来は対空用に準備されていたものと思われるが、急遽水平にも撃てるように改良して待ち構えていたのであろう。有効射程距離は2・5㎞あり、そこにいた戦車3台、機動戦闘車2台が一気に破壊され、兵士17名を失った。敵はおそらく地上戦を予測していないのではないかという思惑が外れて度肝を抜かれた地球軍は、それでも地対地ミサイルで反撃に移ったが、大気のない空間での軌道設定と起爆セットに誤差があり命中精度を欠いた。敵は地球上での戦闘で学んでいたのであろう、シールドによる防御スクリーンがもう効果を失ったことを知ったのでここではシールドは張っていなかった。

どういう形で宣戦布告しようかと考えていた矢先に、先方からこのような形で先陣を切って来るとは驚きであり、それだけこの基地を守りたいのだと分かり、これからの戦いが厳しいものになりそうな予感を感じるに十分な立ち上がりであった。

わが地上軍は機動性を有効に働かせるように配置を見直し、ロボット兵士を先頭に配置し、部隊を横隊に展開して建物への接近を試みた。しかし、宇宙服を纏っての行動は機敏な動きを妨げて地球上でのようにはいかないもどかしさを感じさせられた。建物を守っている敵アルファースト星人は宇宙服を着ていないことから見て、大気（酸素）の有無に関係なく対応できるようである。これは大きなハンデキャップだと云わねばならない。その建物はレーザー砲の砲座でアルファースト星人一人とロボット兵士二人で操作しているようだ。彼らの携帯武器はレーザー銃だけであるがその威力は強力で、地球軍兵士の機関銃では対抗できなく、また味方のレーザー銃の性能は彼らに及ばなかった。しかし、残された3台の機動戦闘車は不整地走行性能を活かして凸凹の地形を巧みに利用して機敏に動き敵施設に接近して損害を与えた。これに対して敵はドームからロボット兵器8台を出動させてきた。これは軽自動車ほどの大きさの無人自走レーザー砲で、270度回転できる砲座を持っている。それ自体がAIロボットのようで、こちらの戦車、機動戦闘車に立ち向かってきた。携帯ミサイル砲中心の味方歩兵部隊は少し距離を保ちながら応戦、地形の起伏以外は遮るもののない広い戦場は、いささか間のびしているような状況を呈してきた。地球軍としては、敵のドームにほとんど損害を与えることが出来ず、初戦は失敗と云わざるを得なかった。

この戦況をみて、今後の補給能力の強化が必至であることが明白となり、地球からと月面での「大型運搬船」を増やすことになった。次に、戦術の見直しを行い空軍の出動が議論の的になったが、もう一度地上軍を増強するとともに、長距離ミサイルでドームを直接狙うことが次のステップとして採用された。これは、先のオーストラリアでの戦闘で経験したことと同じパターンである。月の裏側の山でもっとも高い所はディレクレジャクソン・ベイズンと名付けられている1万7750mであり、敵基地からは遠く離れている。したがって、長距離ミサイルの弾道高度は高い放物線ではなく低空水平飛行の極超音速型が選ばれたが、無重力下での経験がないため本番での修正を見込んでの実戦となる。この長距離ミサイルはアメリカ・中国・ロシア・インドが進んだ技術を持っており、機密に属する部分もあり、どの国のものを使用するか微妙な駆け引きもあったが「地球防衛軍EPF」の総司令官に任命されていた中国が引き受けることになった。長距離ミサイルの発射台は基地の南東の位置に置かれ、北西方向に打ち出される。

９月下旬、最初の3発が発射されたが、標的のドームの近くで爆発したのは

1発のみであった。しかし、敵は直ちにドーム中段の大型ハッチを開き小型円盤型戦闘機8機を発進させ「雨の海」の地球基地の直接攻撃に向かってきた。あらかじめこれを予測していた地球軍も新開発の垂直離陸型小型宇宙戦闘機で応戦、基地上空は激しい空中戦となった。この新型機にとっての初めての実戦であったが、新型プラズマ銃の威力は十分で敵機と対等に渡り合えた。そして、地上からの高射砲、地対空ミサイルの援護があるだけ地球軍の方が優勢で、撃墜1機と、損害を3機に与えて長距離ミサイル発射台を守った。

われわれはミサイル攻撃の失敗でその着弾精度の向上に全力を投入し再度発射を繰り返したが、敵も防御体制を強化して対応してきた。彼らにとっては、ミサイルのような弾頭型兵器は旧式であるとしていたようで、先の地球での戦闘においても、地球軍がミサイルを多用して効果をあげていることに少し慌てたのではないかと思われる。しかし対応は早く、弾道がはっきり分かっているだけに、レーザー照射の密度を上げることで着弾前に破壊し被害を抑えることに成功していた。

敵基地では、先に地球から撤退した宇宙船を再組立・改造して２機の大型宇宙武装艦にする作業が進んでいた。ドームの破壊とともにこの作業を阻止するために、地球軍は地上部隊と、空中からの攻撃を仕掛けるもののなかなか戦果が挙がらなかった。

敵方の補給ラインは母星からの補給船と思われる宇宙船の往来が増えているが、月からの資源を使って、３Ｄプリンターで部品を作り組み立てていく技術が進んでいることがうかがわれる。それは機器の補修やＡＩロボットの補充において、補給船からだけでは間に合わない修復の速さや供給数量から想像できる。地球でもこの技術は進んでおり、最近ではあらゆる方面で製品の複製に活用されている。

彼らのＡＩロボット兵士はいろいろな複雑な状況に対して優れた判断力を

有しており、戦場においては明らかに生き身の兵士に劣るとは云えないほどである。地球軍のＡＩロボット兵士との比較では、迅速な状況判断と即応性においては彼らの方がかなり勝っているように思われた。そしてそれがそのまま兵器となったような自走レーザー砲は、地球軍の地上部隊を大いに悩ませた。また、地球軍兵士にとっては兵士としてのアルファースト星人に相いまみえるということはほとんど無く、なんとなく妙な感覚であった。

これからの戦局は双方の補充戦という面が、戦の大勢を左右する大きな要素となると考えなければならない。それはお互いに相手の補給ラインを破壊することに戦力を集中することに他ならない。

アルファースト星が何処にあるのか依然として分からないが、そこから月にまで飛来してくる補給船は５台の船団を組んでいる。おそらく、その補給ラインにはアルファースト星と月との間のどこかに中継基地があると考えられ、その星で船団を整えて月に向かってくるのであろう。そして、火星にもその基地があることは間違いないと思われるので、２０３５年から有人探査のため火星のクリュセ平原に設営され80人余の研究者を常駐させている地球基地に早速調査をさせたところ、南極に近いところにそのような基地があることが分かった。地球軍としては、そこまで遠征して攻撃することは考えられないが、月からどこまで離れた所を防衛ラインとするのか検討を重ねている間に、敵は補給船が月に50㎞に近づいたところから戦闘機の護衛がつくようになった。

12月、「宇宙戦闘母艦」2号艦が「雨の海」の地球基地に送られてきたのを機に、先着していた1号艦（艦長ロシア空軍大佐）が基地を出発して、上空80㎞を迂回して敵の補給船団を急襲した。補給船自身も武装しており、護衛機からの反撃もあったが、2隻を大破させ無事に帰還できた。しかし、敵の復讐攻撃は凄まじく、改造されて太い葉巻型になった「武装大型宇宙艦」2機による地球基地への攻撃で、駐機していた「大型運搬船」2隻が破壊され、「宇宙戦闘母艦」1号艦もかなりの損傷を受けた。離れた場所に分散させていた2号艦は無事であった。

ここにおいて、「武装大型宇宙艦」に備えられた大光束のレーザー・ビーム砲の威力には今のところ対抗手段がないことを認めざるを得なかった。そこで、地球本国に対して大至急「大型運搬船」の建造を請求する一方、「宇宙戦闘母艦」1号艦の修復は現地で3Dプリンター技術を用いて行うことにした。そして、超X線レーザー兵器の大型化と宇宙空間での使用に則した改良を急ぐことを要請した。

次いで、地球軍は「雨の海」の基地が防衛に対してやや弱みがあることと、補給ラインの分散対策として第2の基地を造ることにした。場所は月の表側の南南西で裏側にまわる周辺部にあたり、オリエンタレベイズンと名付けられている大きなクレーターで、外側からコルディレラ山脈、アウタールック山脈、インタールック山脈の三重リングに囲まれている。クレーターの内径は480㎞で周辺リムからの深さは1千100ｍある。敵基地からの直線距離は3千750㎞程であり、施設を山麓側に配置することで守りに強い基地となると考えられた。

そして双方のこのような状況の中でも、アルファースト星基地での資源採掘が続けて活発に行われていることが分かり、それはおそらくチタンとウラン鉱石だと思われるが、懸念されるのは、埋蔵量の多い表側にいづれ進出してくるであろうということであった。さらには、先の地球への侵略の時に中国ウイグル自治区に基地を作ろうとした理由が、レアメタルであるネオジウムの採掘を狙ってのものであろうと考えられることから、月を中継基地として再度の地球侵略を企てるのではないかという恐れがある。

こういうこともあってか、アルファースト星基地を今のうちに何としても潰してしまわなければならないという地球側の思いの中でも、中国の積極的な動きが目立った。


２０５１年2月下旬、中国は自らの宇宙運搬船で兵士２４０人と戦車４台を「雨の海」基地に送り込んできた。そして、この中国軍を中心として地上軍部隊をさらに強化して、敵基地攻略にむかった地球軍は、少数の兵員から成るグループを分散させて敵基地包囲網を築き、じわじわとドーム周辺の施設を攻略していった。ロボット自走レーザー砲による反撃と固定レーザー砲座からの照射は激しかったが、数に勝る地球軍は少しずつ陣地を拡げていった。空中でも激しい戦いが繰り広げられ、ここではほぼ互角の争いであった。

この間、敵軍による地球基地への攻撃はなかったが、「武装大型宇宙艦」による地球からの補給ラインへの襲撃が月から100km手前であり地球軍への補給に滞りが起こった。一方の敵の母星からの補給船団への攻撃を、新しい地球軍第2基地をベースに移した「宇宙戦闘母艦」2号艦（艦長フランス空軍大佐）が行ったが、敵のもう1機の「武装大型宇宙艦」が護衛についていたために、十分な戦果にはならなかった。さらに、敵は中型の円盤型武装艦を増強して自らの補給ラインの確保に戦力を集中してきた。そこで地球軍としては、いずれにしても現在の2隻の「宇宙戦闘母艦」だけでは不足であるので、地球本国に、さらに大型化された超X線レーザー砲を備えた2艦の建造・派遣を要請した。

月面での戦闘が始まってからおよそ半年が経過した。

地球軍地上部隊の圧力に押され気味のアルファースト星基地では、周辺の施設を放棄して、ドームに近接する場所と、武装宇宙艦などの駐機場の防衛を強化して、縮小したエリヤを要塞化する意図を明白にしてきた。このドーム内から斜坑を伸ばして鉱石を採掘することは十分可能である。母星からの補給と同時に採掘した鉱石を送り出す輸送のためにもその輸送ラインを死守することに全力を投入する戦略のようである。

5月上旬、地球軍は修復を終えた「宇宙戦闘母艦」1号艦に2号艦をそろえて、月面より100㎞の上空で敵の補給船を襲撃した。敵も「武装宇宙艦」を大型2機、中型3機で迎え撃ってきた。双方ともに距離をとって、まず搭載している戦闘機を発進させ、互いに空中戦を交えつつ本艦への攻撃を行った。艦載戦闘機の主要な武器は、わが軍はミサイルとレーザー銃、敵軍は強力なレーザー砲であるが、レーザーは目標との距離を近づける必要があり本艦からの射撃を受けやすく、ミサイルは離れた距離からの攻撃が出来るが着弾精度が高くないという問題がある。両軍とも決定的なダメージを受ける程ではないが、味方は戦闘機４機を撃墜され、敵は2隻の補給船を失った。敵の輸送ルートに対する攻防を繰り返す間にもお互いの基地に対する襲撃は散発的に行われ、敵ドームから編隊を組んで発進してくる戦闘機に対しては地球基地の防衛体制が十分に機能したが、ドームへのわが空軍の攻撃は要塞化を図った敵方のガードが固く思うような戦果は得られなかった。ドームの全面にわたり多くの砲撃用ハッチがあり、各ハッチのレーザー砲は左右に１２０度、上下に65度の可変が出来て、これをロボット兵士が操縦しているようだ。かくして、ドーム本体の破壊以外には勝ち目が無いことがますますハッキリしてきているのだが、地球軍としてはまだ今のところ決め手を欠いている状態である。

輸送ラインでの戦闘のなかで、地球軍の「宇宙戦闘母艦」とアルファーファースト星軍の「武装宇宙艦」が直接対決する場面が増えてきた。「宇宙戦闘母艦」は両側面にミサイル発射口を備え、艦上に160度回転できるレーザー砲がある。発射したミサイルを誘導するシステムとして、目標に対して電磁波（レーダー）を放射してその反射を検知して制御するアクティブ・ホーミングよりも、宇宙空間では、目標自身が発する赤外線をミサイル先端に搭載された赤外線シーカで感知して方向を制御するパッシブ・ホーミングの方が有効であるとして採用されている。さらに、その信号を受けてミサイル本体の飛翔方向をコントロールする方法としては、機体の外側に付けられた操舵翼の角度を修正する空力操舵と、ミサイルの動力源であるロケットの噴射方向を変えて舵をとるスラストベクトル制御（TVC）が一般的であるが、ミサイルの側方へ噴射する小さなロケット（スラスタ）を付けてその噴射を制御してミサイルの飛翔を変える方法（スラスタ制御）が大気のない宇宙空間においては最も早い応答が得られることから選択された。地球上では各種のミサイルが最強の攻撃兵器として評価されているが、宇宙空間での実績はなく実践経験を積みながら命中精度を上げるしかないのである。

一方、敵の「武装宇宙艦」の主砲は艦本体の正面に大きく口を開けたレーザー砲であるが、この大口径のレーザーは有効射程距離が４・５㎞に伸ばされている。

5月中旬、母星に向けての鉱石運搬船団を追尾した「宇宙戦闘母艦」２号艦と、護衛していた「武装宇宙艦」との直接対決が月から１８０㎞はなれた地点であった。

我方が2発同時に発射した空対空ミサイルのうち1基が敵艦の後部に命中し損傷を与えた。敵はミサイルの進路目標をそらすための赤外線フレアのような技術を持っていないようで、迅速な回頭によって避けている。大気のない宇宙空間ではチャフの放出は全く効果はない。「宇宙戦闘母艦」２号艦はミサイル発射後さらに止めを刺さんと敵艦に接近しようとしたところ、敵の主砲が艦の側面を狙って左旋して来たので、即座に上方に舵を切ったものの間に合わず艦の底部に大きな損傷を受け推力が半減した。しかし、急遽駆けつけた1号艦の救援をうけて戦線を離脱できた。このことから、敵の運搬船を追尾する範囲を月面から200㎞位までに制限するべきであることが分かった。

地球軍基地では「宇宙戦闘母艦」の修繕を機に、艦上にある160度回転できるレーザー砲を下方に30度動くように改良したが、回転角度は140度になった。これにより、敵艦に対する上方からの攻撃力が強化された。

一方では、敵艦の「武装宇宙艦」は正面の主砲と側面のレーザー砲に加えて、新たに上甲板に高射砲タイプのレーザー砲を増設して、上方からの攻撃に対する防御力を強めてきた。

両軍の主要艦が修理・改造を行っている間に、アルファースト星軍の中型円盤型武装艦が地球軍基地への攻撃、輸送ライン護衛にと出動回数を増やしてきた。円盤型である特徴の攻撃範囲の広さと左右への動きの機敏性を活かした戦術をＡＩロボット兵士がすべて行っているとすると恐るべきである。地球軍は小型戦闘機と地対空ミサイルで応戦し大きな損害は受けなかったが、敵基地への出撃機会を削がれることになった。

アルファースト星人の基地は周りを二つのクレーターと二重の山脈に囲まれた地形で、地上部隊の他は水平攻撃が難しく、地球基地からの長距離ミサイルの命中精度が上がらない理由でもあった。この極超音速型ミサイルのポイントである低空水平飛行の部分の最後の１５０㎞を制御出来れば敵ドームの破壊につなげられるので、中国陸軍は本国モンゴルのゴビ砂漠で改良実験を繰り返した。しかし、無重力空間での飛翔であるのでこの条件でのシュミレーションがどこまで月面で活きるのかが問題であったし、初体験である宇宙戦闘技術のすべての問題点がそこにあることは明白である。

敵軍はますます輸送ラインをキープすることに全力を注いできて、月の周辺の高度150㎞までをガードゾーンとし、「武装宇宙艦」を護衛艦として付けるようになった。さらに、地球軍の襲撃を察するやいなや、もう1隻の武装宇宙艦と中型円盤艦を数隻そろえて迎撃してきて、わが軍の「宇宙戦闘母艦」を補給船らに近づけないように猛攻を仕掛けてくる。それによって、彼らの輸送ルートに損害を与えることが難しくなり、味方の被害も増える有様になってきた。

2051年8月下旬、このようなやや膠着化した戦局を受けて、この戦争の終結に向けて基準となる対策を整えて速やかに実行に移るために、地球本国から「国連宇宙対策司令本部」および「地球防衛軍EPF」の実務幹部たちが月軍事基地に集まり、合同戦略会議が開かれた。地球では一刻も早い大戦の勝利・終結／異星人の完全排除を望む声が充満しており、公開されたこの戦略会議に釘付けにされた。
　議論は最初から次の3つの案に絞られた。
　①敵基地の破壊に戦力を集中する。
　②敵輸送ルートの壊滅に戦力を集中する。
　③①と②にバランス良く戦力を分配する。
　①では要塞化されて防御力の高いドームの破壊には、空軍だけではなく、地上軍の緻密な作戦が必要であること、②では広域にわたる敵輸送ルートの壊滅に味方の戦力は十分であるのか、が論点となった。③は、②を行っている時の敵基地からの援軍の力が強力であるので、一方にのみ集中するのは問題だというものであった。
　そしてこの議論は、地球を守りきるという純粋な気持ちが集中した激論を交わした結果として①案を選択した。それは攻撃対象が一本化できるからだというような単純なレベルではなく、大型武装宇宙艦を補佐している機動性の優れた中型円盤型武装艦を基地ごと叩くことと、駐機している鉱石輸送船を破壊することによって、この侵略行為を一気に諦めさせようとするものである。

その上で、この年初に本国に要請してある新型の「宇宙戦闘母艦」２艦の完成を急ぐように更めて催促した。

２０５１年11月、「宇宙戦闘母艦」３号艦、４号艦が相次いで地球軍月面基地に到着し、戦闘母艦４艦体制が整った。そして、ドーム内での接近戦にそなえて、各国の海兵隊の精鋭を選抜した部隊も追加して結成されたが、交戦する相手の多くがＡＩロボット兵士であることへの対応に関しては、作戦の検討を重ねたものの決定的というようなものが見つからない焦りが残っているままである。わが軍の戦術としては、ドームの外殻を破壊したのちに内部の機能を徹底的に制圧するために歩兵部隊の侵攻が必須であるという図式を崩してはいない。

アルファースト星月面基地では中心であるドームを防御するために空中には「武装宇宙艦」2機と中型円盤型攻撃機3機が常時張り付いていた。地球基地からの長距離ミサイル発射を早期発見し上空からビーム照射によって破壊しようとする構えである。地上には自走レーザー砲がびっしりと配備されている。

2052年1月、母国での訓練を終えた中国陸軍ミサイル部隊の精鋭が到着、早速、地球軍第1基地（雨の海）から長距離ミサイル5発を敵基地ドームに向けて発射。この内の2発が着弾前に破壊され、3発は命中しドーム外殻を大きく損傷させたが、ドームのハニカム構造は細密で一気に破壊することの難しさがよく分かった。

長距離ミサイル攻撃の戦果を確認して直ちに、第1基地から「宇宙戦闘母艦」3号艦（艦長アメリカ海軍中佐）と、第2基地から4号艦（艦長イギリス空軍大佐）がそれぞれ敵基地襲撃に発進した。

敵アルファースト星基地まで約3千800㎞であるから、応戦準備に十分に時間は取れないであろうと見ていたものの、襲撃進路途中から敵側の迎撃は凄まじく、中型円盤型攻撃機と戦闘機による執拗なレーザー照射を加えてきた。さらに武装宇宙艦が早めにレーザー・ビーム主砲を放って、直後に下側に廻り込み、斜め上方に撃てるように改良された高射砲タイプのレーザー砲を打ち上げて来た。我が方の戦闘母艦は敵のこのような機敏な作戦に防戦一方に追われ、主砲を撃てる体勢にまでもって行けないままに、一旦退却を余儀なくされた。

これまで着実に成果を挙げてきた地球軍地上部隊は戦術に自信を深めており、空中戦が収まったタイミングに敵基地周辺に分散していた小部隊は作戦を開始した。戦車部隊によるドーム周辺に対する一斉砲撃に対しては、ドーム本体からの激しい反撃があったが、その間をぬって歩兵部隊が広く分散して前進した。味方のロボット兵が前面で牽制している合間に、敵のロボット自走レーザー砲の1基に対して歩兵3人組が対応する形で、本体に時限爆弾をくっつけて破壊するという、まさしく古典的だが確実な戦法をとったが、敵は人体の熱に反応して即座にレーザーを照射してくるので本体に取りつくまでが大変であった。宇宙服を着けての、人海戦術とも云えるこのような戦闘になろうとは考えてもいなかったのだが、中国陸軍、アメリカ・カナダ海兵隊に交じって日本自衛隊選抜軍の活躍が目立った。敵の自走ロボット砲に相当数のダメージを与えたが、味方の死傷者も少なくはなかったので、今は日中の続く時期であるが、5時間余の戦闘を終えて前線基地に撤収して1日目は終わった。

2日目は、敵が中型円盤型攻撃機6機の編隊を組んで地球軍「雨の海」基地に来襲し、駐機中の宇宙戦闘母艦3号艦に集中攻撃をかけてきた。地球基地の全固定火器を動員しての反撃で敵2機を撃墜したが、3号艦は上部甲板に大きく損傷を受けてしまった。

一方、地球軍は第2基地から出撃した2号と4号艦による敵ドーム攻撃を、前日に続いて行い、2艦の連携による主砲の水平攻撃と垂直攻撃が功を奏し外殻の上部に大きな穴を開けることに成功したものの、敵武装宇宙艦の主砲により2号艦の上部構造物が吹っ飛ばされてしまった。ここで、双方の地上部隊の攻防は、空からの攻撃で開けられたドーム上部、地上から約45mの高さの穴から内部に侵入しようとする地球軍とそれを阻止するアルファースト星軍の接近戦となった。ドーム外殻をよじ登る地球軍兵士に向かってレーザー照射を浴びせる敵戦闘機に対して、味方空軍の出動が遅れたために初動では死傷者を多く出してしまったが、地上戦闘車両と空軍との連動が効果を挙げはじめるにつれて、ドーム攻略に戦果が見られるようになった。対戦相手のほとんどはＡＩロボット兵士であり、その場の状況にあった対応を確実かつ迅速にこなしていて1対1では互角以上であるが、チームとしての動きは十分には出来ないようだ。

この破壊された部分はドームの西南側の3、4階にあたり、円盤型戦闘機の格納と垂直離陸甲板エリヤであったが、ここを制圧しても占拠するまでには到らない。前線基地に戻り、この後の戦略について司令本部と打ち合わせ、敵基地の早期殲滅を図るための地上軍の戦術を検討し、ドーム内部の配置について偵察隊を組織することになった。また、ドーム内での活動を安全に行うために空中よりの攻撃とミサイル攻撃のタイムスケジュールを綿密に組む必要があった。

3日目、宇宙戦闘母艦2隻が損傷を受け補修を余儀なくされた地球軍は、基地の防御のために他の2隻は残し、長距離ミサイルで敵基地を砲撃した。

ここで、アルファースト星基地を破壊するために核弾頭ミサイルを用いれば容易であることは明らかである。しかし、この宇宙空間で人為的に核爆発を起こすことは、如何なる状況においても避けるべくであるということは全ての人の基本的な了解であった。おそらく、アルファースト星においても、その技術は有しているであろうが決して用いてはならないという判断に立っているはずである。

太陽をはじめとする恒星が光り輝いているのは、その中心で水素をヘリュウムに変換する核融合反応によりエネルギーが生成されているからであり、そのエネルギーは熱や光、その他X線、紫外線、電波などの電磁波の形で放射されている。この核融合反応による放射線と人為的な原子力爆発により発生する放射能とは放射物質が異なり、宇宙空間に放射される有害物質の影響については未だ未知の分野である。

長距離ミサイルによる攻撃はさらに精度を上げ、ドーム外殻の破壊箇所が拡がった。地球軍地上部隊は午後、破壊されたドーム東側の1階に戦車5台、機動戦闘車3台を強行突入させたが、敵の激しい反撃により、戦車1台を残し他はすべて破壊された。

しかし、偵察隊4チーム（内2チームはイスラム連合軍）の侵入に成功し、1チームはロボット兵2名を含む5人よりなり、隊は分散して敵の目を巧みに潜ってドーム内のエリヤ区分を探索していった。地上部分は6階あり、各階の外側には砲座が配置され、3階より上の中央部には戦闘機の格納と垂直離陸甲板や工作室があった。1階の大部分は鉱石掘削設備、貯蔵・搬出室になっている。地下2階まで掘り込まれていて、そこに動力室と中央指令室及び居住エリヤが置かれていることが分かった。

これだけの大規模で整った施設を完成させるまで、まったく気づかなかった地球側の宇宙に対する関心のあり方と迂闊さを、ここにきて更めて思い知らされ慄然とさせられた。

偵察隊の報告では、ドーム内にいるアルファースト星人は1千人程度で、他は多くのAIロボットが作業を行っているようだとあった。地球側としては、敵の知的能力の高さを知れば知るほど、何としてもここで侵略を断ち切らなければならないとの思いを強くしたのである。

この日も敵は中型円盤型攻撃機7機が再び編隊を組んで地球軍第2基地に来襲し、駐機して修繕中の宇宙戦闘母艦2号艦に集中攻撃を仕掛けてきた。これまでの戦闘で、地上で駐機することの不利を学んだので、空中待機していた4号艦の速攻で敵機2機を撃墜したが、機敏な敵円盤型攻撃機の攻撃で基地の動力室が大きな損傷を受けた。

４日目、ドーム内に留まって作戦を続けた偵察隊は、動力室と中央指令室の数カ所にミサイル誘導ビーム発信機を設置することに成功した。この偵察隊を撃退するために接近して銃撃戦におよんだ局面では、さすがにアルファースト星人兵士が前面に出てきての対決となったが、戦闘力においては地球軍の優位が明らかであり、更に投入した歩兵部隊によりドーム内での占拠エリヤが少しずつ拡がっていった。

早朝に２箇所の地球基地から発進した戦闘機24機と前線基地の地上戦闘車両部隊との共同作戦によりアルファースト星基地を混乱させている間に、ドームへ１・５㎞に接近した宇宙戦闘母艦１号艦と４号艦は艦両側面のミサイル発射口から、ミサイル誘導ビーム発信器よりの信号に照準を合わせたミサイルを南北の２方向から連続発射した。この攻撃により敵の動力室と中央指令室に相当なダメージを与えたと確信した地球軍は、一旦全軍を各基地に引き揚げさせ、敵の出方を見守ることにした。最も確認したかったことは、指令室の損傷がＡＩロボット兵士の行動にどのような変化をもたらすかということであった。また、敵の戦闘能力はまだ相当に温存されていることも分かっていたので、総攻撃を受けることが予測された。

５日目、この日を境にアルファースト星基地からの出撃はぴたりと止まってしまった。ドームの中心部に対する地球軍の攻撃は、物理的な破壊の大きさよりも敵の戦闘意欲を削いだことが明らかであった。ここ数日の戦いで自軍の不利を悟り、月への侵略を継続することの無理を認識したのだと考えられる。この状況と判断は、およそ３年前にアルファースト星人が地球侵略を１年余りで諦めて、地球を去っていった時と良く似ている。

月面地球基地からこの報告を受けた「国連宇宙対策司令本部」は直ちに全体会議を招集し、以降の戦略の検討に入った。月にあるアルファースト星基地を徹底的に破壊することを最優先にしようという主張もかなりあったなかで、アルファースト星にとっては前進基地に過ぎないもののために、これ以上地球人の生命や資財を費やすことの無意味を説く意見が目立った。何よりも未曾有の地球侵略という危機を防衛したという安堵感が大きく、まずは取り敢えずここで収めて、今後にかかえた大きな問題は更めて考えよう、というような雰囲気が全体を支配していた。

地球母国から月基地への指示は、敵基地の動きを静観し、アルファースト星人の基地撤収に際しては無用の攻撃は控えるようにということであった。

アルファースト星基地からは、連日の戦闘で止まっていた鉱石の輸送が復活し、補給船の動きが増えてきた。輸送ラインの警護は従前通りになされていたが、地球軍は遠くから見守るだけにした。本部からの別の指示は出来る限りアルファースト星の資機材を無傷で捕獲せよというものであったが、敵もそれを察してか小型戦闘機以外の飛行物体は全て地上駐機をやめて空中待機とし、基地内の目ぼしい火器や機器は完全に破壊してしまった。

2052年3月初旬、アルファァースト星人は月より完全撤収し、彼等のUFOが地球上空に現れてから、丁度4年間にわたった地球の宇宙大戦は終了したのである。

アルファァースト星人の撤退した基地に残されていることを最も望まれたのが、基地内での動力供給システムであった。永久機関として考えられる磁石の回転力により得られるフリーエネルギーが実用化されているのではないかという期待なのであるが、完全に破壊されたのか、まだ実用化されていないのか、得られるものは何もなかった。彼等の思念・思考の伝達が言語を用いないテレパシーによるということは、おそらく紙・図面を表現の道具に使うことがないということであり、したがって、その技術は完成品を見るとか、作動している状況を検証する以外にはないということになる。

地球側は母星に向かって撤退するアルファースト星軍を追跡するために、宇宙戦闘母艦4号艦と、航続距離を伸ばした無人追跡機で追尾をさせた。船団は時速約2万5千000km（マッハ21）というかなりの高速で進んでおり、最初の中継地である火星まで125日かかることになる。これまでに分かっている限りでは、太陽系銀河内には地球以外には知的生命体が見つかっていないとされており、少なくとも地球から約60億km離れている太陽系外縁天体までの間には彼等の母星アルファースト星はないことになる。すなわち、これから何箇所も中継地を経由しながら進んで、900日経ってもまだ到着できないということである。

7月中旬、アルファースト星人の船団は火星に到着した。ここで補修や物資の補給を行ったのち、次の中継地に向かうのであろう。地球側としては、彼等に対して、当面、次の何らかの行動を起こす意図がない以上、この先の追跡をしても意味がないので、宇宙戦闘母艦4号艦はここで地球に向かって帰国の途に着いた。

終章

序章で述べたように、ＵＦＯについての話題や関心が多くなってはいるものの、それが「地球外知的生命体」の存在、ましてや彼等による「地球侵略」につながるのか、ということが真剣に取り上げられるほどまでには進展していないようだし、事実、現在のわれわれの技術力はそれを解明できるまでには到っていない。

確かに、私自身もそうであるが、実証できない事象は信じないというのが多くの現代人の思考である。しかしながら、この広大な宇宙の、数千億ある星々の中で、われわれの地球のような星は唯一であるということがあり得るのだろうか。未だ実証されていないが、私は、この宇宙のどこかに地球のような星は必ず存在するし、そこには知的生命体がいることは間違いないと考えている。

現在分かっているところで、「太陽系にはそのようなバビタブルゾーン（生命の存在可能な領域）は地球以外にはない」ということはおそらく正しいのであろう。そして、太陽系の先の宇宙空間、すなわち太陽から1・5兆km以上（約0・16光年）離れた場所のことは分からないが、そこに仮に知的生命体のいる星があったとしても、それはわれわれの知的興味や学問的研究対象となっても、地球の存続に係わる問題には何の関係もないと考えて良い。そこから地球に到達するまでに、時速6万km（約マッハ50）で飛行する宇宙船でも、最短で3千年以上かかる計算になるからである。

もし、そこから地球侵略の意図を持って来る異星人がいるとすれば、それはもう例のワープ航法を完成した高度の技術を有しているはずであるから、地球はいちころで征服されてしまいどうしようもないであろう。今のところそのようなことがないので、考えても始まらないのである。

もう少し身近なところで、太陽系惑星の中で最遠にある海王星まで、地球から45億㎞離れていて、１９７７年に打ち上げられたＮＡＳＡのボイジャー2号が、途中の惑星などを探査しながら、12年後の１９８９年に近くを通過していることは先にも触れたが、もちろん、前記のようにここまで地球外知的生命体は発見されていないし、仮にいたとしても何も問題になっていないのであるからほっとけば良い。

それでも本書に取り上げたようなことが起こるかもしれないと考えるのは、確かに実証されていないことではあるが、「あり得ることではなかろうか、全く論外の発想であると切り捨てられるのだろうか」というだけの極めて曖昧な根拠だけである。そして、現在得られているＵＦＯに関する不確かな情報の中にも、万が一という妙な期待（？）もある。

この宇宙のどこかに地球外知的生命体のいる可能性の調査が始まったの

は、1960年の宇宙電波望遠鏡による、電波の受発信によるコミュニケーションの試みである。もしもどこかに地球外知的生命体がいて、これを受信したならば、なんらかの返信をしてくるであろうという期待、そして、すでに彼等がなんらかの発信をしていれば、それをわれわれは受信して、返信が出来るであろうということである。これが成功すれば、地球外知的生命体がいたという素晴らしい実証が出来るのであるが、まだ成功していない。

しかし、地球からこのために宇宙に向けて電波を発信してから、信号はまだ80数光年の距離にしか達していないし、それより遠い星から送信されたかもしれない信号は地球にまだ届いていない。

ここで考えなければならないことは、この方法にのみ頼って期待しているのは間違ってるのではないかということである。

コミュニケーションの媒体として電波を用いるということは、「言語」があるということが前提となっているはずであり、言語を電気信号に換えて送信しているのである。

ここで「言語」とは「音声と文字」で成り立ち、「ことば・言葉」は音声だけで成り立つもの、と区別して使い分けていることに注意してほしい。

地球上の生物で言語を使ってコミュニケーション（思念の伝達・意思疎通）を図っているのは人類だけである。人類以外の全ての動物・生命体のコミュニケーションの手段は、基本がテレパシー（精神感応）で、音声をサブに使っていると考えられる。

イルカやクジラに追われて、大きな固まりのような群れをつくり一体となって一斉回頭し方向を変えて逃げるイワシ、同じようにハヤブサに追われて、大きな群れで一体になって集団飛行し、一瞬のまに散開したり展開して逃げるムクドリの動きをＴＶなどでご覧になった方も多いと思うが、この動きはテレパシーによる以外には考えられない。群れで狩りをするライオンやオオカミ、シャチなどの動きもそうであろう。知能の高いと言われるチンパンジーやイルカは鳴き声をサブに使っているし、チンパンジーはそれに加えて表情も使ってコミュニケーションを図っている。人間と愛犬は可なりの意思疎通ができるが、声と身振りがその媒体であり、犬同志のテレパシーによる意思伝達の内容は分からない。

それでは、テレパシーを伝達する媒体は何なのであろうか。電磁パルスのようなものであろうと云われているが、その伝達距離とか、増幅する方法とか、もしキャッチできても言語でなければ翻訳出来ないのではないか、等々と分からないことばかりである。

多くの細胞をもつ生命体は大なり小なり中枢神経と脳をもって様々な器官を制御しているが、思考する・考えるという脳活動のレベルが問題である。言語を有する地球人において、思考し、外界の変動に応答する言語を「内的言語」とし、物体や固定的なものを表す言葉を「外的言語」とすると、少し極端であるが後者は前者を補完するものと言える。

そして、宇宙の知的生命体とのコミュニケーションの方法は、電波などの伝達する媒体さえあれば、互いにこの外的言語を持つ限りにおいて相互翻訳可能であり、さらにその実態を観察して明らかになるにつれて内的言語も推測できるようになるであろう。

言語を持たない地球上の生物に対して、われわれ人類は目や口などの感覚器官と表情を使って挨拶をするが、最初のアイサツを視覚、聴覚、嗅覚などのどれを使ってやるのかは結構難しい。ましてや、言語を持たない地球外知的生命体とのコミュニケーションが容易に出来るはずはなかろう。

言語を用いることによって、人類が地球上で最も知的に優れた生命体になったことは紛れもない事実である。しかし、言語の持つ問題点が無い訳ではないことに少し触れておこう。言語、特に外的言語は、それにより物の本質や自性を直示するのではなく、指示対象を他から区別して、それが個として存在しているかのように見せかける。すなわち、言語とは他との違いを表示するシステムに過ぎないのであるが、それにもかかわらず、あたかもそれが本質を示して実存しているかのように錯覚・錯視してしまうのである。

実体であれ、想像物であれ、それに言語がつけられただけであるのに、その言語で表された物が、先に存在していると考えてしまい、それに従って行動してしまう。テレパシーの世界ではそのようなことは起こらないのではなかろうか。

ここで強調しておきたいことは、地球人が言語を用いてコミュニケーションを採っていることは、極めて例外的であり、それをもって、地球外知的生命体も言語を使っていると決めつけてかかることは出来ないということ、そして、言語を持たないから知的でないという根拠は何処にもないということである。

したがって、言語をベースに成り立っている、宇宙電波望遠鏡による電波の受発信による地球外知的生命体の存在の調査だけでは十分ではないのである。

結局、これまで間接的な方法では地球外生命とのコミュニケーション出来ていなかったところに、いきなり地球外知的生命体による地球侵略という事変が起こったのである。

この大宇宙の中で星々の間に紛争が起こった場合、その勝者は相手の星を完全に支配下に置き、植民地化するというのが一般的には考えられることであろう。

今回は、アルファースト星（どこにあるのかは不明だし、あえてそれは問わないし、どこにあろうが関係ない）が地球に攻め込み、地球がそれを退けたという形になったのであるが、この一連の行動はアルファースト星人にとっては、まずは地球侵略のための小手調べという程度のことであったのではなかろうかと考えられる。なぜならば、彼等が地球であれ、月であれ、完全な成果を挙げることにこだわらないで引き揚げたことからの推定であるが、もちろん、地球にそれに対抗する能力がなかったならば、今回で一気に侵略されていたことであろう。逆に、今回の経験でアルファースト星人は地球の力が十分に分かったので諦めることにしたのかもしれない。

本文の中でも少し触れたが、宇宙における地球の領土とは何かということについては、今回の事変で初めて真面目に考えたことである。月が地球の衛星であるということは、天文学上でのことであり、領土とは関係ないことなのであるが、それこそ、先に言語について述べたように、「領土」という概念が地球上では意味のあったものなのに、宇宙空間においても有るのだと思い込んでいたのである。領土を主張するためには、必ず相手の存在があるはずであるので、今回はじめて「地球外生命体のいる星」という相手を認め、領土権の主張という概念を宇宙にまで拡げたのである。そして、宇宙における領土権は、この段階では先住権がベースであると暗黙のうちに感じていたであろうと思われるが、月はともかくとしても、すでに有人探査基地を設営してはいても、それが火星にまで及んでいるとは考えていなかったであろう。

しかし、今回の事変で得た学習・経験は、今後どのように展開するのか大きな問題をはらんでいる。また、知的生命体のいない星に対して、資源開発を中心にして侵攻するということはどこででも起こり得る問題であることが分かった。

今回学んだことで、もう一つ大きなことは「ＡＩロボット兵士」である。製造業における産業ロボットの活躍は目ざましいものがあり、この分野でそれを抜きにしては考えられない現実があり、一方で、いわゆる人型ロボットの開発は福祉介護をはじめ、サービス業を中心に広く使われ、人間に代わる労力として重要な存在になっている。そこでは、決められた工程・行動に加えて、特に後者では、ある程度は予測出来る場面に対応して適切な処理ができる人工知能（ＡＩ）を備えていることが要求されている。

戦場におけるロボットは当初は無人システムとして兵器化され、コンピュータ－を介してコントロールセンターから遠隔操作されていた。今世紀当初のアフガニスタン、イラクでの紛争では、地上では偵察、地雷探査除去や無人戦車に、空中では偵察、誘導弾爆撃に威力を発揮し、急速に精度を上げていった。

最新のロボットは、次の三要素が同時に働くことによって、人工生物的に機能することが求められている。

①センサー　　……　周囲の状況を監視して変化を察知する。

②プロセッサー　……　どう反応するかを状況の中で選択して決定する。

③エフェクター　……　その決定を反映させたやり方で環境に反応して、何らかの変化を生じさせる。

これを一般的に人工知能（ＡＩ）として捉えると「不確実な環境における適切な選択や決定が出来て、それに従って行動する能力」ということになる。そして、これをＡＩ兵士に当てはめて端的に表現するならば、「標的を認識し、自立的に行動する兵器」となるであろうが、標的（敵か味方か）をいち早く識別するセンサーの精度が決め手となろう。

戦場における個々の兵士に要求される能力をＡＩでどこまで対応できるかは、極めて高度な技術を要する分野であり、複雑な状況に対処する任務は陸海空の軍隊で大きく違うことから最も難しい分野である。しかし、単純で危険な状況を担当し、人命の死傷を代替え出来るのであるから、そのニーズが高いことは明白であるが、最近では大規模な紛争がなかったこともあり、少なくとも表向きは開発がおさえられていた。

今度の事変で、宇宙での戦争ではどのような大気の環境にも適応できる兵士が求められるという点からみても、ロボット化のニーズが最も高い分野であったことを知らしめられたのであるが、そのような視点で開発を進めるということはこれまでなかったのである。

ＳＦ小説の世界で、人工知能を持つロボットが将来自ら判断を下す能力を深化させて、自らの知能を増殖させた結果、意思と感情を持つようになるのではないか、その結果として、ロボットによる人間に対する反乱が起こるというような話が出てくる。本当にＡＩロボットが自ら学習し、能力をあげていくことが出来るとするならば、その学習するという機能はどのようにして付与されたのだろうか。

ＡＩロボット兵士に求められる特徴的なポイントは、的確で迅速な状況判断と反応であり、上記のように進化するロボットのベースに最も近い存在ではないかと思われる。意思と感情を持つようになったロボットが自身でどのように行動するか、さらに、そのようなロボットと人間を合体・融合させた「サイボーグ」へと、その世界は拡がっていくことはないのだろうか。もし生存本能や支配欲を持ち、人間性（思いやりや倫理）を欠いたロボットが出現したとすれば、それは人間が造ったのである。私は、ロボットに善悪のような人間性に係わる要素は一切付与すべきではないと考えている。われわれは、ロボットに人間の道具以上の役割を与えるような判断は決して行わないであろうし、仮にもロボットが主導権を持つような世界が来ないように管理が出来るはずである。

しかしながら、話を宇宙のどこかにある知的生命体のいる星とするとどうであろうか。例えば、〔そこで育ち主権を獲得したサイボーグが、次々と星を中継地としながら、木星と火星の間にある小惑星帯に到達した。長辺が700mくらいの岩石惑星に上陸した彼等は、そこで採掘した資源を使って3Dプリンターで作った核パルス推進機をその星に取り付けて、星そのものを飛行体として地球に向けて発進させ衝突を図る〕ということが起こり得る。こうなれば、バビタブル惑星はもう関係なくなり、地球人が最初に接触する異星人はこのようなサイボーグであるかも知れないのである。

ここで小惑星のことに触れたが、この銀河系には100万個以上の小惑星があるといわれ、地球の軌道と交わる恐れ、地球と衝突する可能性が常にあると考えられている。それは地球外知的生命体による地球侵略よりもはるかに高い確率で起こると思われるので、これに対する防衛シュミレーションを早急に作ることが必要である。秒速30㎞で動いている直径10ｍ、重量1千ｔ以上の物体との衝突をどのようにして避けるのか。例えば、宇宙船をぶっつけて方向を変えることが考えれる。破片の地球への落下は避けられないが、空中爆発で収めることが出来るかもしれない。

話を戻してみると、この宇宙のどこかにいる知的生命体が、今回のアルファースト星人のように、地球のことを知って、この地球が極めて魅力的な星であることに気付き、地球に向けて何らかの行動を起こした場合、月や火星を前衛基地として使うであろうことは明白である。先に述べた宇宙における領土権は、対象となる相手がいないのでひとまず置いておくとして、まずは月と火星に軍隊を常駐させること、そのレベル、装備はどのようなものにするのか、というような事について真剣に考えなければならない時に来ているのではなかろうか。

ここで私は、地球外知的生命体による地球侵略について、もう一つ別のストーリーを考えており、実は、もしかするとこの方があり得るのではないかと思っていることを述べてみたい。

『近い将来のある時、超大型円盤宇宙船がオーストラリア中央部に現れ上空3000mに静止した。これが最初にUFOとして確認されて2日後である。この異星人は地球人との対話が出来て、これから着地するので、この土地を借用したいと要求してきた。仰天したオーストラリア政府は返答までに1週間の余裕を得て、国連本部で緊急会合を招集し、各国と相談した結果、要求は容認出来ず、直ちに退去しなければ武力攻撃を辞さないと返答した。しかし、彼等はそれを承服せず、その2日後に武力を持って制圧すると通告してきたのである。

そこは、オーストラリア・ノーザンテリトリー州のタナミ砂漠の西南部で、低木と荒野の拡がる人家などは全く無い地域である。国連本部は急遽、各国の空軍からダーウィン基地とブルーム基地に航続距離の長い制空戦闘機と戦闘爆撃機を集結させ、ティモール海に移動したアメリカ・インド洋艦隊の空母艦載機を加えて、敵宇宙船の撃墜を目指して一斉に出撃することを命じた。しかし、その敵宇宙船から発進した40機程の小型円盤型戦闘機の強力なレーザー銃と機敏な動き、本船のレーザー砲の広角放射の威力は凄まじく、空対空ミサイル中心の地球軍機は大半を失い退却を余儀なくされた。

そして、この圧倒的な軍事力の差を実感させられた地球側は、改めて国連本部で議論を進めた結果、この事態と推移のまえには、地球側には交渉の余地がほとんど無いことは明らかであり、彼等異星人の要求を受け入れざるを得ないという結論に到った。

彼等の要求した借用エリアは90千㎢（３００㎞×３００㎞）で、それはヨーロッパのハンガリーの国土に匹敵する面積であるが、オーストラリア国土においてはその1・2％弱に過ぎない。そこは全く不毛の地であり、オーストラリアとしては国の名誉、尊厳を失うということではあるが、実質的には損失となるものは何も無かった。とはいえ、まさしく前代未聞の出来事ではあり、オーストラリア一国の問題ではなく地球全体の問題であることは明らかであったが、平和的共存を確約させるということで、地球の一部を他の星に貸与することになったのである。

彼等は、一回毎に800人程を送り込んできて、およそ7年間でこの地を緑化、開発していき、最終的には、およそ250万人が居住する国（？）に変え、地球との交流も何ら問題を起こすことはなかった。しかし、彼等の母星や高度な技術についての情報が我々に漏らされることは全く無かった。彼等が知的分野で地球側から得るものが何もないからなのだろうか、もっと時間が経てば気を許してくれるのだろうか。彼等の力をもってすれば、地球全土を占領することは可能であろうという恐れが、常にわれわれの脳裏から離れなかったが、彼等にしてみれば、それは不必要なこと、無意味なことなのであろう。』

如何ですか、このストーリーは？

２０２２年２月24日にロシアによるウクライナ侵攻が勃発した。双方にそれぞれの言い分はあろうが、国家間の問題を武力の行使で解決しようと図るようなことを、この時代にロシアほどの大国が起こすとは考えていなかったこと、そして、これを収拾させる力が国際連合にないことが分かってきたこと、これはまことに大きな驚きである。

そしてこの紛争が長引いている中で、「ロシアのウクライナ侵攻で、防衛産業を見る世界の目は大きく変わった。持続可能な社会（サステイナビリティー）のために必要だということが理解された」「防衛産業への投資は民主主義と自由、安定と人権を守るために極めて重要だ」というような論調が出ていることを新聞で読んだ。

こうした人心の流れが地球上の国家間の紛争を期に再燃したことを、私は、人類として何とも情けなく悲しく思っている。このような問題意識は「対宇宙」レベルでこそ起こって欲しいと考えていたからである。地球と宇宙との関わりにおいて、地球外知的生命体による地球侵略にしろ、小惑星の衝突にしろ、地球全体を脅かすような危機がいつ起こってもおかしくないということを我々は真剣に考えなければならない。

そのための準備・対策を国連本部は積極的に主導して進めなければならないのではなかろうか。そして大切なことは、その経過・結果が広く我々に伝えられるべきであるということである。

確かにそのような危機、事態に遭遇するという根拠は曖昧であり、むしろ無いに等しいのかもしれないのだが。しかし、しかしながら…………。

（完）

余　筆

何が起こるか分からない世の中である。新型コロナウイルスス感染がこのような展開になろうとは誰が予測していただろうか。大自然災害の頻発も異常気象も、後では人災による部分もあったと云われる事もあるが、やはり予測外の出来事である。

本書が出来たのは、私自身に思ってもいなかったことが起こったからなのである。

一昨年末に「脊柱管狭窄症による膝折れ」という症状が出て、それが進行して両下肢の神経障害による歩行不随に陥り、昨年6月から車椅子生活になってしまったのである。手術による治療も検討したのであるが、年齢（83歳）による全身麻酔のリスクと成功率の低さを考えて止めた。私はこれまで病気とは全く縁がなく、元気そのもので、誰もが認める行動的な生活を送っていたので、この出来事には何よりも自分自身が全く驚いてしまったというのが実際である。

幸いにして全く痛みがないことと、内科的には従前どおり健康を維持できているので、単に歩行障害があるだけであると割り切ることにした。そうなると、これまで外で費やしていた時間、ボランティア活動やミニキャンピングカーによる全国46都道府県巡り（7県が残った）が出来なくなり、時間が余ってどうしようもないことになった。

私は履歴で分かるように技術屋である。生活の糧を得るための手段として37年間を技術屋として過ごしたこと、そして、自分の思考が技術屋的であるということは、これまでの人生の中での確信である。しかし、退職後は縁があって仏教の勉強を進める中で3冊の本を出版し、合間に郷土史の本を自費出版もした。これは自分自身でも思ってもいなかった展開で、そのような資質があったのかと我ながら驚いているところがある。

そして、これまでも、これからも、私の生き方は日々が楽しく面白くなければ意味がないということを常に意識して、そのために努力をすることである。

最初に本を出した出版社の編集者から「一度出版した本は一人歩きする」と言われたことが印象に残っているが、本を出版するということには何ともいえない面白さがあり、不特定多数からの反響が魅力である（多数とならないところが問題であるが）。

今回のこの余った時間の使い方に、新しいものにチャレンジしてみようと考えたのが、自分の発想が十分に活かされるＳＦの分野であった。

ＵＦＯとか宇宙人とかには、特別に関心が高かったわけではないが、ＴＶで見るこれらに関連するＳＦ映画やストーリーが、いずれも特定の個人や団体の活躍とか、それに恋愛とか家族愛とかを絡ませた展開として描かれていて、全体像や本来あるべき地球や宇宙の問題がないがしろにされている事が気になっていた。

そこで、一人も個人名が出てこない、地球と宇宙をストレートに主人公にしたドキュメンタリー風に仕上げてみようと考えて、昨年9月から取りかかったのが本書であり、20数年後に起こると設定した物語である。ちなみに、設定した2048年は私が110歳になる年で、それまでは起こって欲しくはないが、もし生きていたら遇ってみたいなーと考えて決めただけである。

私は、現在はインターネットとは縁を切り、スマホは使わずガラケイで十分という生活をしているアナログ人間である。本書にあげてある情報はすべて図書館で借りた本から得たものであるから最新のものではないし、全体の発想もアナログ的であることは承知している。それでも、何らかの問題提起になれば本望というくらいの気持ちで書いたことを受け止めて頂ければ大変有り難い。

そして、何よりも望んでいるのは、どなたかに新しい着想で「第二次宇宙大戦」、或いは地球外生命体との交流について書いて欲しいということである。あくまでも近未来であって、超未来ではないことが前提であって、誰もが肯定できる範囲の技術レベルでなければならない。

何が起こるか分からない世の中である。しかし、その時に何が出来るのかを決めるのは自分である。宇宙と同じように人間には無限の可能性があるが、それを意識して何かをやってみなければ、気付いていない自分の力は決して見つからない。自分自身を枠からはずして何かをやってみる、そうすると人生は楽しいと分かる、面白いと分かる。

『時間の使い方は　命の使い方』と道元禅師が言われている。

2022年12月

河　村　公　昭

著者略歴

1938年（昭和13年）　3月　山口県に生まれる
1961年（昭和36年）　3月　早稲田大学理工学部応用化学科卒業
　　　　　　　　　　4月　大協石油（現コスモ石油）入社
1998年（平成10年）　5月　萩市に帰郷
2001年（平成13年）　12月　浄土真宗本願寺派門徒推進員になる
2004年（平成16年）　2月　『念仏者の寄り道』を文芸社より出版
2010年（平成22年）　1月　『萩・阿武の中世風土記』を自費出版
2020年（令和2年）　2月　認知症介助士　公認検定資格を取得
　　　　　　　　　　5月　『爽やかな仏教徒をめざして』（「念仏者の寄り道」を改題）を22世紀アート社より電子図書出版

２０２１年（令和３年）

12月　『私には釈尊の教えだけで十分だ』を22世紀アート社より電子図書出版

６月　脊柱管狭窄症により歩行障害・車椅子生活になる

2048年 第一次宇宙大戦

2022年12月29日発行
著　者　河村公昭
発行者　向田翔一

発行所　株式会社22世紀アート
〒103-0007
東京都中央区日本橋浜町3-23-1-5F
電話　03-5941-9774
Email: info@22art.net　ホームページ：www.22art.net

発売元　株式会社日興企画
〒104-0032
東京都中央区八丁堀4-11-10 第2SSビル 6F
電話　03-6262-8127
Email: support@nikko-kikaku.com
ホームページ：https://nikko-kikaku.com/

印刷　（有）マシヤマ印刷
製本　〒758-0061 山口県萩市椿3732-7

ISBN：978-4-88877-161-0